つかむ勇気 手放す勇気

樋口 強

春陽堂

版画◉秋山　巌

撮影◉坂口綱男

つかむ勇気
手放す勇気

はじめに

「お変わりありませんか――」

一年に一度、がんの仲間と家族を招待して開く「いのちに感謝の独演会」。呼び物の創作落語「病院日記」の第一声は、いつもこの一言からです。

この独演会には、私のいくつかのこだわりがあります。入場資格はがんの仲間と家族だけ、ご招待、笑いと涙、一年に一度だけ、来年もまた深川で……。詳しくは本編にゆだねますが、これらは、すべて私のいのちへのこだわりでもあります。生きていくうえでの価値観を凝縮したのが、この「いのちに感謝の独演会」と言っても過言ではありません。がんに出会って十年、ここに辿り着くまでの道のりはつらく険しかったですが、たくさんの新しい出会いは楽しくにぎやかでもありました。

「待ち望んでいたこの会場に、今年も来ることができました」

「椅子に座っただけで熱い涙がこみ上げてくるのです」

「来年も、きっと来ます」

　これが来られる皆さんの共通した思いです。


　二つ目のいのちが十年経った今、愛しいほどに輝いて見えるものがあります。それは「変わらない」ということ。今日が昨日と変わらない、明日が今日と変わらない、というのがいちばんうれしいことなのです。

　二十一世紀への橋を渡ることはない、と思っていたその二つ目のいのちが、次から次へ生きることの喜びを見出していきます。抗がん剤治療の後遺症で現れた全身のシビレは、規則正しい会社勤務では体への大きな負担となっていきました。そこで自らの意志で会社生活にピリオドを打つことにしたのです。その先のこと

SONY

は何も考えていません。生き方の設計図を描かないはじめての船出です。
ですが、このとき、本当に大切なものをつかむ勇気と、大事なものを手放す勇気を知ることになります。中でも手放す勇気は、その後の私の生き方を強く支えてくれることになりました。

前著『いのちの落語』（文藝春秋刊）では、がんの治療の選択を通して生き方を伝えてきました。本著はその生き方の続編として、二つ目のいのちを生きる拠りどころを、つかむ勇気と手放す勇気の視点で笑いを交えて具体的に伝えます。
がんの方や家族の方だけでなく、生きることに悩み立ち止まったすべての人に、是非手に取ってほしい本です。

どうぞ、肩の力を抜いて楽しみながら一気にお読みください。

自分で決める

一九九六年一月、毎年受けている人間ドックですべての検査が終わり、検査のセットでついているホテルの昼食に向かいました。このホテルのランチがとてもおいしいので、毎年の人間ドックを楽しみにしていました。ところがこの日の料理は口に合わず、早々に病院に戻り、検査結果を聞くために診察室に入りました。

シャーカステンには二枚の肺のレントゲン写真が貼ってあり、医師がその両方を比較しながら深刻な顔で見入っています。

「大学病院で精密検査を受けてください。早い方がいいですね」

片方の写真には、右肺の上にこぶし大の大きさの白い影がはっきりと映っています。それに医師の慌てぶりを加えれば、「普通の異常」ではないことが十分に感じ取れました。

検査の結果、病名は肺がん、種類は小細胞がん。増殖の速度が速く、悪性度が強くて生存率の低いがんでした。ただ、このがんは有効な抗がん剤も存在しています。ですが、これがのちに大きな悩みの種にもなりました。このとき、四十三歳。会社では責任ある仕事を任された働き盛りのころでした。この日から、バックギアのないいのちの運転が始まりました。

外科の先生は、がんの塊が大きいので既にがん細胞が血管に飛び散っている可能性があることと、切除する病巣をできるだけ小さくしたいとの判断で、手術の前に抗がん剤治療を行いたい、と方針を提示されました。

早く手術を、と焦る私には納得できませんでした。

「術後のあなたの生活が少しでも楽になるように、と考えているのです。遠回りのようですが、心配しないでください」

このとき、目先のことしか見えない自分には、「心配しないでください」という言葉が、天の声のように聞こえました。

術前の抗がん剤治療は二クール行いました。薬はシスプラチン。そして、うわさに聞いていた髪の毛が抜ける、という現象を肌で実感します。このときのショックな経験が、のちの創作落語「病院日記」の名作「抗がん剤で毛が生える」に結実するのです。

手術は九時間をかけて行われました。術前の抗がん剤治療の成果もあり、右肺を全摘せずに、異常のない中下葉はつなぎ直して気管支再建ができました。これがのちの日常生活を楽にしてくれています。

しかし、いいことばかりは続きません。手術時にリンパ節への転移が発見されたのです。これは、その後の治療方法を左右する重要なカギになるだけでなく、私の生き様そのものをも左右していきました。治療方法は二つに分かれました。

外科の先生は、リンパ節への転移を確認したので手術直後に抗がん剤治療を徹底して行い、臓器への転移を防ぎたい、と主張されました。化学療法を担当する内科の先生は、体力も免疫力も落ちている状態での抗がん剤治療は、いのちの危険すらある。それにこのがんは再発することが多く、そのときにもっとも有効に抗がん剤を使用したいので今は見送りたい、と言われたのです。これらの主張は、それぞれの専門分野での真理で、医学的にはどちらも正しいのだと思います。

このときに大事なのは、細く狭い崖っぷちに立っている自分が、これからどうしたいのか、どう生きたいのかをはっきりさせることなのです。自分の生き方は自分が決める、という思いです。

私は、大きな犠牲を払ってつらい治療を乗り越えてでも、治癒を目指して家族と普通の生活がしたい。外科の先生の提示してくれた道を選びたい、と妻と二人で強く望んだのです。内科の先生は、生命の危険が伴うのを承知で、手術直後の三クールの抗がん剤治療を選択した私たち夫婦の生き方を、理解して応援してくれました。

ただ、選んだこの道の先に答えがある保証はどこにもありません。そこへ、一連の抗がん剤治療の後遺症が現れたのです。全身の感覚がほとんどなくなりました。手足は動くのですが、物に触った感覚がほとんどありません。長時間正座をしていると、足腰をつねっても感じなくなることがよくあります。あの状態が全身に二十四時間続いている、と想像していただくとわかりやすいです。

その結果、物を持ったり歩くことができなくなりました。次から次へと目の前に大きな壁が立ちはだかってくるかのようです。身もこころもボロボロになりながら、それでも働き盛りの人間の考えることは、早く職場に戻りたい――。

この気持ちが生きる支えとなっていくのです。


この大きな後遺症を抱えて、再発と転移の時限爆弾を背負い、それでも二つ目のいのちのスタートラインにやっと立てました。

ここから私は新しい道を歩きながら、つかむ勇気と手放す勇気に気づいていくことになるのです。

◉目次

普通のことが普通にできる

普通のことが普通にできる

【001】

「あの電車に乗りたい」

切ないまでのこの思いが、二つ目のいのちを生きる原動力となったのです。術後の抗がん剤治療で意識がほとんどない中で、病室の窓から見える電車を追っかけながらつぶやいた一言でした。

「よし、きっとあの電車に乗ろう。この病室の窓からあの電車を見るのではなく、あの電車の窓からこの病室を見てやる」——ここから二つ目のいのちが育っていったのです。

私には今でもがんの治療の後遺症が大きく残っていて、満足にできないことがたくさんあります。中でもシスプラチンという強い抗がん剤の後遺症は生活にも大きく影響を与えています。数え上げればきりがないのですが、まずつばが出にくくなりました。二、三十分しゃべり続けているとつばが切れてのどが痛くなってきます。ですから落語の高座や講演では水が手放せません。次に腎臓の機能が半分ほど失われたために不純物の浄化能力が弱くなっていて、水を多量に飲んでそれを補ってやらねばなりません。特に汗が多い夏の時期にはその補給に忙しいのです。

いちばん大きいのは、全身がしびれたままで感覚がほとんどないことです。重い、軽い、熱い、冷たいなどの感覚が失われました。箸や茶碗が持てない、鉛筆が持てない、歩けない、風呂の熱さがわからない……誰にでもできる生活の基本が一瞬にして消えてしまいました。ご飯を食べるときも箸や茶碗が持てないので口からお出迎えです。妻の加代子は横で見ていて「これは生きているとはいわない」と思ったようです。あるとき、私にこう言いました。

「食べた後の茶碗を洗いなさい」

茶碗が持てないのに洗えるものではありません。妻はそばでじっと見ていますがけっして手は出しません。飛び散る水で、台所は一瞬にして水浸しになります。妻は黙ってそのこぼれた水を雑巾で拭いていました。落として割れたグラスで何度も手を切りました。それでも毎日繰り返していると茶碗が洗えるようになったのです。「できた！」。ですが、この喜びもつかの間でした。

「洗濯物をたたみなさい」

次の指令が下されたのです。

「これは簡単！」と、飛びついてやり始めてから気がつきました。とんでもないものと格闘が始まったのです。シャツやタオルを持とうとしても持てないのです。茶碗やコップは硬いので必要以上の力でねじ伏せても何とかなったのです。ところがシャツは、必要にして十分な力でなければくしゃくしゃになってたためないのです。つまり、難易度がはるかに高いのです。グラスのようにケガこそしませんが、大の大人がハンカチもたためないという悔しさは、気持ちのうえで大きな圧力となってのしかかってきます。そのほうがはるかにつらい。ですが、足も使いながら時間をかければできるようになったのです。全身のシビレは今も変わらずに続いていますが、目を頼りに手足の動かし方を覚えていきました。

病院でもリハビリのメニューを提示してくれます。二つのお皿があって、左のお皿には大豆が五十個入っています。これを箸でつまんで右のお皿に移動させます。五十個全部を移し終えると「よくできましたね。では今度は、左のお皿に戻しましょう」。

せっかく苦労して時間をかけて移した大豆を元に戻すんだったた

ら、始めからやらなきゃいいじゃないですか。ここに何の生産性も感じないのです。企業で若いときから何十年も合理的な物事の考え方や行動を身につけてきた人間にとって、これは耐え難い行動なのです。病院でのリハビリ法を否定しているのではありません。この方法は医学的にも論理的にも正しいのです。ただ、「再発・転移という時限爆弾」を背中に背負いながら、真っ暗な谷底から這い上がろうとするそのときの自分にとっては喜びを感じないのです。

この妻による猛特訓で、一年後には他人《ひと》より少し時間はかかっても箸でご飯が食べられる、下手でも字が書ける、駅への道を独りで歩けるようになりました。これがどんなにうれしいことか。あるものがなくなってはじめて気がついたのです。

この方法を考え、仕掛けたのは妻でした。生活の中でリハビリを行うことで長続きする、茶碗を落としたらケガをするリスクがあるから真剣になる、夫婦で共通の話題と目標ができる、できるようになったら家事の足しになる。

このときに、やさしさはかえって邪魔になるんです。どん底から這い上がろうとするときに必要なのは、見守っていてもけっして手を出さないこころなんです。妻が二人分の人生を背負う覚悟をしてくれたのでできたことだと思います。

道を歩ける、電車に乗ることができる、喫茶店に入ってお茶が飲める——道を歩いて人とすれ違っても誰も私を振り向きません。電車に乗っても誰も「どうぞ」と私に席を譲ろうとはしません。セルフサービスの喫茶店でも「お席までお持ちします」と言われません。

私が普通の人間である証拠です。今でも全身のシビレは変わりませんが、この普通のことが普通にできるうれしさは格別なのです。これが最高の喜びなのです。

「今いちばんしたいことは何ですか、いちばんうれしいことは何ですか」と聞かれたら、迷わずに答えます。

「普通のことが普通にできること」

ですが、リハビリの指導者が妻というのはきついですよ。手を抜いてくれないんです。「今日はお正月だから休みにしようか」なんて絶対に言いません。そのうえ、夫婦ゲンカをしたときの妻の最近の決まり文句はいつもこれです。

「感謝が足りないのよ！」

一日はヨーガから始まる

【002】

私の一日はヨーガで始まります。

朝、目が覚めて足が最初の一歩を踏み出そうとした瞬間に、その日の体の状態がわかります。前日に疲れ過ぎていたり、夜更かしをしたときには朝の一歩が思うように歩けません。また、前の日に歩いていないときにはそれ以上に足が前に出ないのです。

抗がん剤の後遺症で失われた感覚神経は、全身のシビレとして体に現れているのですが、このシビレと日々つき合うのは簡単なことではありません。体は使い過ぎても嫌がるし、使わないで可愛がり過ぎてもそっぽを向きます。ちょうどいい加減という頃合いを試行錯誤の中から自分で見つけてやるのです。

板の上に薄いマットを敷いて、体を伸ばして、曲げて、ねじります。この三つがヨーガの基本です。指導のビデオと一緒に、ときには童謡やエンヤのＢＧＭで、あるときはラジオを聴きながらやります。この三つに深～い呼吸を組み合わせると三十分ほどで体とこころがお互いに馴染んできます。つまり気持ちよくなってくるのです。

「深呼吸」と「深～い呼吸」はその方法も効果もまったく違います。わかりやすく言うと、「深呼吸」とはラジオ体操の終わりにやるもの、「深～い呼吸」とは真剣にやるもの。と言うと、ラジオ体操をバカにしているのか、とお叱りを受けそうですがそんなつもりはありません。方法の違いで説明すると、息を吸ってから吐くか、吐いてから吸うかにあります。肺の中のよどんだ空気を入れ替えるためには、まず大きく吐いて中を空にすることです。肺の中が空になれば無理して吸わなくても空気は自然に肺の中に入っていきます。新しく入ってきた空気が体の中で連鎖のように広がっていくのを感じることができるのです。入れるためには出すのが先です。

落語の中に出てくる言い回しに「六つ知らず」という言葉があります。何のことか、おわかりになりますか。片手で一つ、二つ、三つ、と数えて五つで指をすべて握って、ものをつかんだ状態になります。次の六つは指を開かないと数えられない。一度手に入れたものは手放したくないので六つは数えない。そこで、けちん坊のことを俗に「六つ知らず」と呼びました。「あいつぁ、六つ知らずだね！」と言えばカドが立ちませんね。

朝のこのヨーガは、冷気のエネルギーを体に呼び込み、しびれた全身をほぐしてくれます。これは、十年間毎朝続けてきました。出張でホテルに泊まってても朝は床にバスマットを敷いてやります。

ヨーガは、座って自分の体調やレベルに合わせてやればいいので運動ではなく疲れることはありません。また、家の中でやるので、雨や風などの天候に左右されることもないからやめる言い訳も出てこないのです。短時間でいいので毎日やるのがコツのようです。シャキッとして気持ちがよくなります。

次が「板踏み」です。竹踏みはご存知だと思います。半分に切った丸い竹に足の裏を乗せて踏むのですが、板踏みは、その竹の代わりに先が尖った▲の形をした木が板の上にレールのように二本敷いてあり、それに足の裏を乗せて踏みます。初めは飛び上がるほど痛くて足を乗せられませんが、慣れてくると徐々に力を入れないで自重で踏むことができるようになります。足の裏にある無数のツボを刺激していますが、踏んだ瞬間に足から頭の先に電気が走るように突き抜ける気持ちよさは格別です。

それが終わると、トリフローという器具を使って呼吸の訓練です。吐いたり吸ったりすることで三つの玉が上下する器具で、呼吸量の多さで上がる玉の数が増えていきます。肺の手術をすると、入院中は肺機能訓練で大概これをやるのですが、私は退院してからも毎朝の家でのリハビリメニューにこの訓練を取り入れました。

私は、右肺上葉にがんができて手術で切除し、中下葉は上につないで気管支再建をしてもらいました。肺は蘇生しないので切り取ってなくなった部分にまた肺が作られることはありません。できてこなくても残った肺の機能を高めてやることはできるはずだ、と考えました。歩くときに「ぜぇぜぇ」いうのが少しでも少ないほうが生活するのに楽なのは自明の理です。

毎朝のヨーガの「深～い呼吸」やこのトリフローが、普通の生活ができるよう肺の機能を支えてくれているのは間違いないと思っています。数字がそれを示してくれています。

肺がんの手術をする直前の肺活量は二九〇〇ccでした。「がん細胞で気管支がふさがっています」と言われました。右肺上葉を取った手術直後は二二〇〇ccでした。「二〇〇〇cc未満になったら日常生活が苦しいです」と言われました。

「苦しいのはつらいよ」

ここから、ヨーガや板踏みやトリフローなどのリハビリが始まりました。今の肺活量は四八〇〇ccあるんです。同年代男性の平均肺活量が約三八〇〇ccなので、それを二五％以上上回っています。この肺機能検査をしたとき、検査技師の人は過去の時系列データをもっているのでおかしいと思ったのでしょうね。「ちょっと検査にミスがあったようです。もう一度やってみましょう」と機器の故障と勘違いするほどでした。それにしても、あの「吐いて、吐いて、もっと吐いて、もっと出る……」という検査はそう何回もできるものではありません。長い階段や急な坂道は今でも息は切れますが、残った肺には「事情を説明して気持ちよく協力してもらえば」、人並み以上の働きをしてくれます。

朝のリハビリの最後は、風呂掃除です。ここまで来ると体も手足も気持ちもしっかりして「守りのリハビリ」はでき上がっています。

最後は「攻めのリハビリ」です。風呂場は水を使うので滑りやすいのですが、私の手足にはほとんど感覚がないので「滑りそうだ」という感覚が伝わってこないのです。滑ったときはわかりますが、それでは防御が遅くなり大きなケガにつながります。滑りそうだという状況を、肌感覚に代わって目や体全体で覚えようとする危険予知訓練です。この風呂洗いは危険が大きく高難度のリハビリなので、妻も様子を見ながらリハビリメニューに加えたようですが、その成果も大きいです。

朝のリハビリメニューはここまでで約四十五分、これで一日が始動します。長いようですが慣れると煩わしさは感じなくなります。毎日のこの繰り返しで、何とか人並みに普通のことができる喜びを味わえるのです。

ですがこのリハビリメニューを一日でも休むと、そのツケは三日先まで波及します。なかなか学習効果は現れません。短時間でもいいので毎日体に教えてあげることが大事なのです。

最近はヨーガをやっていると、我が家のネコのピーちゃんがマットに来て、体中をナメながら一緒にヨーガをやりますが、体が軟らかく上手です。ただ、ネコのポーズが下手なのでそばで教えてやってるんです。

最高の贅沢

【003】

古典落語に「目黒のさんま」という噺があります。きっと一度はお聞きになったことのある有名な噺です。

あるお大名が目黒まで早駆けに出かけ、愛馬にまたがり駆け回ったのはいいけれど、お昼どきとみえ急に空腹を覚えます。そこへさんまを焼く何とも言えないおいしそうな匂い。「求めてまいれ」。殿様はさんまなどという下々《しもじも》の食する魚は見たこともない。脂が乗ってまだ音のする焼きたてのさんまに醬油の香ばしさが重なって、一口食べたそのさんまのうまいのなんの。殿様、このさんまの味が忘れられない。屋敷で我慢しきれずにさんまを所望すると、台所方は日本橋の河岸で房州直送のさんまを手配し、皮を剝いで小骨を取り、脂を抜いて蒸し焼きにし、お椀に入れて丁寧にお出しした。殿様は真っ黒のジュブジュブが出てくると期待しているから拍子抜け。「このさんまはどこから仕入れた？」「日本橋河岸の最高級品で」「いかん。さんまは目黒に限るぞ！」。

という一席。思い出していただけましたか。先代三遊亭金馬師匠の「……うまいのなんの」というくだりではいつもつばを飲み込み、その夜はさんまを食べたくなるのです。まさに噺もさんまも絶品です。このお殿様、目黒で食べたさんまの味を生涯忘れることはないでしょうね。

また、落語の小噺の中にこんなのがあります。

「今日で人類が絶滅するとしたら、お前さん、何する？」

「おいら、風呂に酒を溢れるほどなみなみと張ってね、スルメを噛んで飛び込む。もう上がってこない！」

「オレは、銭湯へ走って行って頼むね。今日だけ番台替わってくれって」

どれもみんな、吹き出してしまいそうなのばかりです。日々の生活に根ざしているから強い説得力があります。でもどこか少しずれているからおかしいのです。

他人には特別の価値がなくても、自分にとっては至宝のものであるって誰にでもあるものです。それを見つけたときは最高にしあわせになれます。

近年、家を改築しました。予定ではもう少し早く建て替えるつもりだったのですが、先にがんに出会ってしまい少し遠回りをしてしまいました。でも、そのおかげで建て替える家のこだわりがはっきりしたのです。設計はほとんど妻に任せました。台所の位置と大きさや高さが一番に決まりました。やはり、自分の城をいちばん大事にするんだなと思いましたが、ここは私が毎日、そして生涯リハビリの茶碗洗いをするところでもあったのです。使った木はすべて椋《むく》材なのでいつまでも木の香りが漂います。

私のこだわりを二つだけ取り入れてもらいました。一つは南側の窓は可能な限り大きく広く取りました。吹き抜けの屋根にはトップライトをつけました。陽の光が思いっきり入る明るい家にしたかったのです。がんに出会い、暗く冷たい孤独な世界を何度も彷徨いました。

なんで俺が……、どうして私だけが……。

もう、あの暗い世界には戻りたくないのです。朝になったら明るい日差しを思いっきり浴びたいのです。その思いが大きくて広い窓につながりました。

「夏は陽が入りすぎて暑いのよ」

夏が来るたびに妻が言いますが、これは譲れません。

もう一つのこだわりがお風呂。足が伸ばせて腰掛のある浴槽です。浴槽の中で背伸びができると体も気持ちも解放され楽になります。半身浴をするので中が階段になっているとゆっくり長時間入っていられます。半身浴をしながら落語のお稽古をすることもあります。こうやって楽しみながらのお風呂が生活の一部になるのです。

「冬は広くて浅い風呂は冷めやすいのよ」

冬が来るたびに妻が言いますが、これも譲れません。

もう一つお風呂で楽しいことを見つけました。最近は家で仕事をする日が増えてきました。深夜まで原稿を書いたり構想を練ったりすることもありますが、気が乗らないときには夕方に「店じまい」してひとっ風呂浴びます。この夕方の風呂というのが、たまらなく気持ちがいいのです。まだ明るいうちに入る風呂って最高ですよ。今までそんな発想がなかったのです。会社勤めのころは帰ってくれば深夜で真っ暗、風呂は単なる必要悪です。休みの日でも入るのは夜です。昼間に風呂に入るやつは道楽者、という発想です。

ですが、少し発想を変えて昼間の仕事を早めに終えて明るいうちに風呂に入る。気持ちいいです。それにこの風呂で、朝・昼・晩と一日の三部構成が明確になり充実します。湯に浸かりながら「外ではみんな汗を流して働いてるんだろうな」と考えるともっと気持ちがよくなります。
これが最高の贅沢です。お金をかけないこころの贅沢なのです。
一度やってみませんか――。

【004】

つらいのは本人より家族

がんとつき合うとき、本人と一緒につらい思いをするのが家族です。がんの家族の方は本人に何をしてあげたいと思いますか。

いちばん好きなものを作ってあげようね――。

温泉に行ってのんびりしようか――。

痛いところがあったらさすろうか――。

様々なことを考えます。でもこれ、みんな「目に見えるもの」なんです。この「目に見えるもの」で解決しようとしていませんか。

確かに「目に見えるもの」はカタチがありますからわかりやすいです。それにないよりあったほうがいいです。でも、本人がもっとも望んでいるのはこれではありません。


抗がん剤の共通的な副作用の一つに頭がボゥーとして考える力が

抜けていく、というのがあります。私が術後の抗がん剤治療をしているとき、妻が言いました。

「あなたの場合は、治療の前からボウーとしているから抗がん剤の副作用が出ているのかどうかがまったくわからない」

と、こういう失礼なことを言います。妻じゃなければ「訴えてやる!」ところですが、妻以外では誰も言わないでしょうね、きっと。

それでもつらそうな私の姿を見て更に言いました。

「何かしてほしいことある?」

「やさしくしないで、今までどおり接してほしい」

本人がいちばん欲しいものはこの「今までどおり」という「目に見えないもの」なんです。

つらいときに、不安なときに、そばにいてほしいのは気を遣わなくてもいい家族なんです、妻なんです。その妻が今までどおり接してくれるのがいちばんこころが安らぐんです、そう今までどおり。そう頼んだら一言。

「わかった！」

その後はほんとに今までどおりでやさしさなんかこれっぽっちもありません。

さすがアッパレ。テキもサルもの引っかくもの。大したものです。けれど、変にやさしくされると気持ちが悪いし、何か隠しているな、と疑ってしまいます。隠している証明はできます。「ごめんなさい、これがそうです」と出して見せることができますが、隠していない証明はできないのです。疑っている人に「ほら、な〜んにもないでしょ」と言っても誰も信用しません。そして、本人は孤独で暗い世界に入っていくとなかなか戻ってくることはありません。
本人が握っているいのちの綱の先は家族なんです。それは信頼という名の絆でつながっています。信頼って、わかりやすく言うと「うそがないこと」です。そこに安心が生まれます。だから、本人が間違ってるときは遠慮しないで止めてほしいんです、手加減せずに怒ってほしいんです。それができるのは妻だけです、夫だけです、家族だけなんです。

本人はがんを知ってから、悩み苦しみつらい思いをします。布団に入って電気を消してから涙が止まらない夜を何度も味わうものです。ですが、こんな経験を通してあるときふと生き方が定まるんです。そうなるとガチガチに固まっていた肩の力がストンと抜けて楽になります。がんを治すことばかり考えるより、毎日の楽しいことを見つけ出すほうに生きる喜びを感じ始めると、自然に笑顔が戻ってきます。二つ目のいのちが輝いてきます。

ですが、家族はああしてやろう、こうもしてやろうと際限がありません。この思いはいつまでも続きます。

がんとつき合うとき、本人より家族のほうがつらい。

最近つくづくそう思います。

二〇〇五年九月に開催した、がんの仲間と家族だけをご招待した落語会、「第五回いのちに感謝の独演会」に来られた宮城県のある女性の方は、乳がんを告知されこれから治療で入院というときに、八十四歳のお母さんにご自分の病名を言うべきかどうかで悩んだそうです。思いきって伝えると、こんな言葉が返ってきました。

「がんは、誰がなってもつらいもの。自分がなるのがいちばん楽なんだからしっかり頑張ってきなさい」と、送り出してくれたそうです。

「がんは自分がなるのがいちばん楽」――幾つになっても母は強し、です。

だから、家族には「今までどおり接してほしい」。

でも、少しぐらいはやさしくしてくれてもいいんです！


夫婦ゲンカはどこでもよくあります。うちでも、私に抗がん剤の後遺症で全身のシビレがあって多少の不自由はあっても「今までどおり」と言っていますから、妻も手（口）加減をせずに言い争いになります。ですが、言い争いになると大概私のほうが勝ちます。なぜかというと、私は落語をやっていますから、落語の中の口調や言い回しや昔からの格言などが堰を切ったように口からほとばしります。最後は私が勝つんです。妻は悔しがっていると思います。今、カミさんの考えていることはだいたいわかっているんです。

口がしびれる抗がん剤を探しています！

順番を守る

【005】

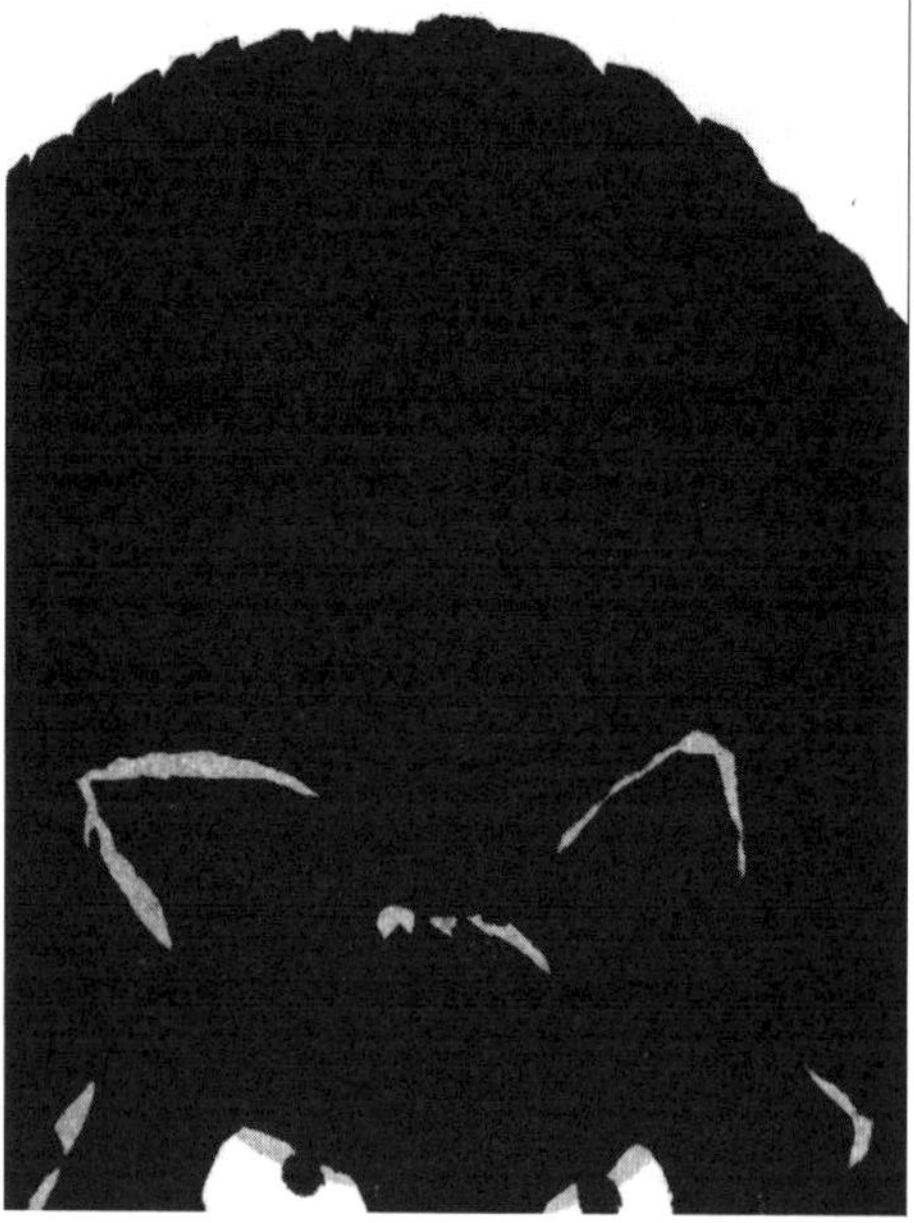

私は一九五二年に兵庫県姫路市で生まれました。父が国鉄に勤めており、母と五歳離れた妹の四人家族で育ちました。小さいころは丸々と太った相撲好きな子供だったようで、お城を背景に右手にあんパンを持って、土俵入りの真似をした写真がたくさん残っています。高校を卒業し、大学は新潟へ行ったために下宿生活となり家を離れます。就職後、生活の基盤は東京に移り、今でも姫路の実家にはたまに帰る程度です。後になって母がよく言っていました。「娘は結婚するまでそばにいるのに、息子は高校を卒業したら家を出て行く。親元を離れていくのは男の子のほうが早いんやなぁ」と。

父は現在悠々自適で過ごしていますが、長年勤めた国鉄が実に好きでした。国鉄に勤めることを誇りにもしていました。実直で自分の信念はけっして曲げない頑固さをもっており、子供には自分の背中を見せて育てる大正人です。そして、父には一度も殴られたことがありませんでした。

そんな父は寄席演芸が大好きでした。休みの日には、神戸新開地の松竹座、大阪梅田のうめだ花月、道頓堀の角座、難波のなんば花月などに家族四人でよく出かけたものです。普通の親は、下町の繁華街は子供の教育上好ましくないと出入りをさせないものですが、うちではまだ年端もいかない私を演芸場から演芸場へ連れ廻してくれました。当時、漫才ではかしまし娘やレッツゴー三匹、やすし・きよし、落語では笑福亭松鶴、桂春団治ら大師匠たちがきら星のごとく輝く絶頂期でした。そのナマの舞台や高座に接し、子供ながらに大笑いしていたのを覚えています。今思えば、最高に贅沢な経験でした。このころに笑いの楽しさと劇場でのナマの芸のすごさを体感できたのがしあわせでした。子供時代に体で覚えた話芸のおもしろさがきっと今につながっているのでしょう。

がんに出会って、手術や抗がん剤の治療で一年近く入院が続きました。父と母は、働き盛りの息子ががんで、それも悪性度の強い肺がんであることを突然知らされて大きなショックを受けたと思います。遠く離れた土地でどんな様子なのかもわかりづらい。妻の「大丈夫ですから心配しないでください」だけでは、親として何をしてやったらいいのか見当もつかない。不安と苛立ちでいっぱいだったことでしょう。

「息子と替わってやりたい」

母は毎日のようにこの言葉を言っていたそうです。高校を卒業して親元を離れていき、十分に手をかけてやれなかったその一人息子が今、生死を分けるがんに苦しんでいる。

「替わってやりたい」

この母の言葉を私はけっして忘れることはありません。父と母が二人で長い間お参りを続けてくれていたそうです。これが親の情です。誰もどんなときでも、またどんな論理をもってしても否定することができないのが、この親の情です。

このとき私は、抗がん剤治療で病室で苦しみながらこう思ったのです。親に見送ってもらうような親不孝はできない。物事には順番がある、父と母は自分が必ず見送る。今となってはこれが自分にできるたった一つの親孝行です。

「順番を守るために何としても生きる」

これが生きようという原動力につながったのです。幾つになっても親はありがたいものです。

二〇〇六年八月、全国のがん患者会のネットワークである「がん患者ネット」と製薬会社が主催したがんのチャリティーイベント「医と笑いのコラボレーション――一緒に笑ってがんに勝つ――」が開かれました。場所は笑いの本場大阪、しかもその中心の「なんばグランド花月」。よしもと新喜劇を貸し切って、がんの仲間や家族が理屈抜きで思いっきり笑おう、という趣向です。主催者挨拶や来賓メッセージや、もうそんな肩の凝るプログラムはいっさい抜きで、ただひたすら腹の底から思いっきり笑ってお互いにがんを乗り越えていこうよ、というイベントです。この会場の収容能力は約千人。想像したただけで鳥肌の立つようなすごい企画です。

吉本新喜劇を第二部にして、第一部では創作落語「病院日記」をたっぷりやってほしい、と私にお声がかかりました。

「古典落語ではなく『病院日記』です。『採血のヘタな看護師さん』を皆さんが聞きたがって待っているのです」

何度も言われなくても役割期待はわかっています。「私でお役に立てることであれば」とお引き受けしました。

そうか、あのなんばグランド花月の舞台で自分の落語が演れるのか。小学生になったばかりのころ家族四人で大笑いをした場所、夏の休暇で久し振りに帰省し、母と一緒に行って帰りに大丸で宇治金時を食べた思い出のある場所。あのＮＧＫで落語が演れるのか。そんなことを思い出すと感慨もひとしおです。

公演直前になって、母がこの公演を見たいようだと妹から連絡があり、当日は家族で来てくれました。妻は舞台の袖で、最後まで失敗しないで噺せるか、終わったら硬直した体で、無事に立ち上がって高座を降りられるか、を見守っています。会場と舞台が一体となって、笑いと涙で大喝采の「病院日記」が進んでいく中で、私には会場に座っている小さい母の姿が大きく見えました。

順番は守る、きっと。

私はもう、速足で急いで追い抜いたりはしません。もう大丈夫ですから安心してゆっくり長生きしてください。

我が家のネコが私の師匠

【006】

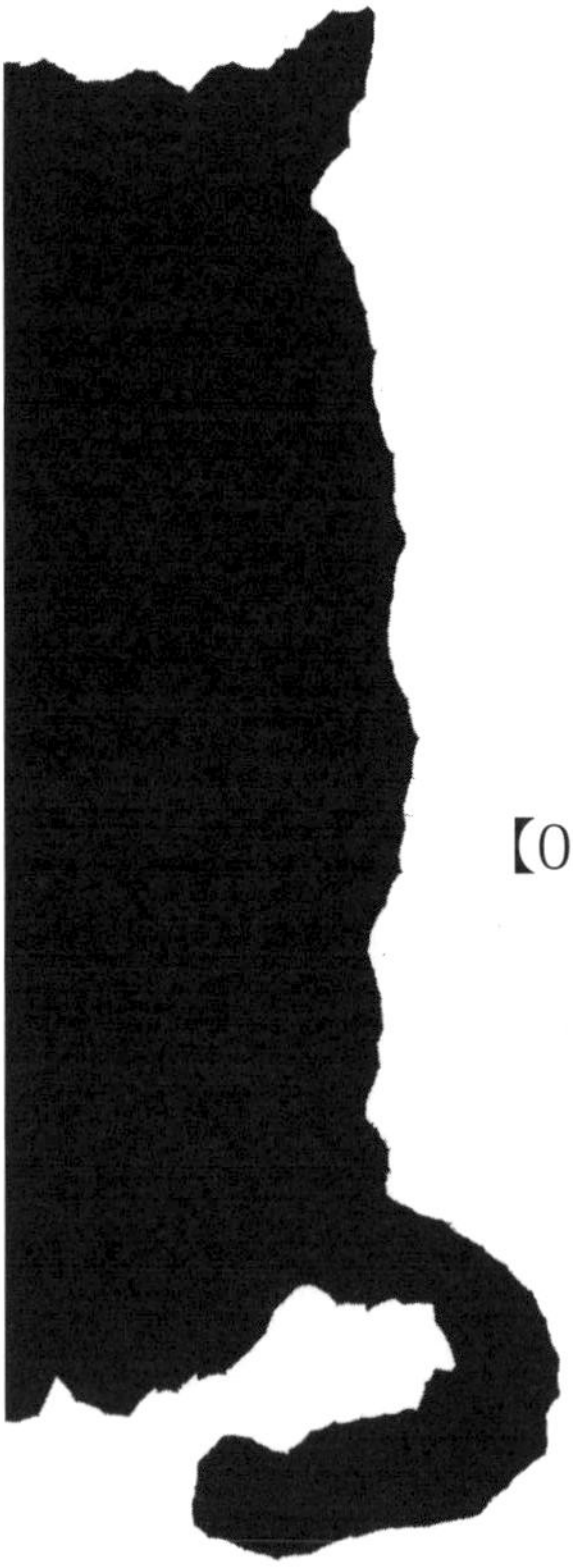

うちにネコがいます。二〇〇六年四月で十七歳、名前はピーちゃん。生まれたときにピーピー泣いていたのでピーちゃん。妻がつけました。病院でくれる薬袋にも「樋口ピーちゃん」と書いてある。妻は、「もう少し、いい名前をつけてあげればよかったかな」と今になって言っていますが、「本人」は案外気に入っている様子でこの名前でないと返事をしない。メスです。私が言うのも何ですが美人です。

ですが、ちょっと気が強いんです。「いい子だねぇ」と頭をなでてやると、ブルブルっとふるってつれない素振り。

「頭さわんないでよ」

そんな顔をします。昼間、熟睡しているときに「遊ぼうか」って言っても手で顔を隠して絶対に起きません。けど、夜になると元気いっぱいで、机に上がってはパソコンの前にやってきます。

「遊んであげようか」

そう、「遊ぼうよ」じゃなくて明らかに一段高い目線でしゃべっています。今仕事で忙しいからいいよ、って断ろうものならこっちをにらんだままキーボードの上にドタッ。あわや大惨事。けっきょく気がついたらこのピーちゃんの思いのまんま。

このピーちゃん、大好物は焼きシャケなんです。ある日、夕食に食べたらそれが忘れられないんです。きっと夢の中でもシャケが泳いでるんでしょうね。あくる朝、冷蔵庫の前から動かない。他の食べ物を出しても知らん顔です。またいで通ります。ほんとにネコまたぎをします。

「シャケがこの中に入ってる」

知ってるんです。「そんな贅沢言ってたら朝ご飯抜きだよ」って妻が怒ってもシャケをもらうまでわめいています。結局、最後はうれしそうにおいしそうに首を振って大好きなシャケを食べています。

本能で生きている、って言ってしまえばそのとおりですが、このピーちゃんの生き方は、「欲しいものはどんなことをしても手に入れる。けれど、イヤなことは誰が何と言おうが絶対にイヤ」。


八方美人で人がいい。人から頼まれたら断れない――。

全国で出会ったがんの人に、こういう性格の人が多いんです。頭がよくて行動力もあるんです。だから周りが頼りにするんです。自分で言うのも何ですが、私もこの中の一人です。断ったときの相手の落胆した寂しそうな顔を見るのが忍びなくて、つい引き受けてしまう。そして分不相応にいっぱい溜め込んでしまって身動きが取れなくなるんです。それでも何とかしようともがき苦しみ、そのあげく心身ともに疲れ果ててしまいます。「いい人」なんです。

ちょっと不器用なところもあります。中途半端にできなくて、やりだすと完成するまで手が抜けません。明日でもいいものを今日やってしまわないと眠れないのです。また、高い完成度を追い求めます。

それは心のどこかに「ありがとう」という一言をいつも期待しているからです。自分は必要とされている存在だ、自分でなければできないことだと思い込んでいて、いつの間にかプレッシャーになって自分で自分に押し潰されそうになってしまっています。そしてがんと出会うのです。これはつらいですよ。

そんなときにそばで教えてくれたのが、ピーちゃんでした。

「欲しいものはどんなことをしても手に入れる。けれど、イヤなことは誰が何と言おうが絶対にイヤ」

この生き方が羨ましく見えてきます。輝いて見えます。

そうか、ピーちゃんについて行けばいいんだ。

そうだ、これだ。ほんとにしたいことをしようよ、断る勇気をもとうよ。

今、二つ目のいのちの極意はうちのピーちゃんに教わっています。

ネコを師匠にいのちの落語。

「師匠、今日もよろしくお願いします」

『ウンニャン？　一回しかやらないからちゃんと覚えんだよ！』

――生きてるだけで金メダル――

自分を褒めてやる

【007】

不可能が可能になる――。

治療の後遺症やケガでボロボロになった体がある。一人では歩くこともできず、箸と茶碗を持ってご飯を食べることすらできない。もう、このままか――と思われたそんな体が、少しずつ、本当に少しずつよみがえっていく。

「人間の体って、すごいなぁ」と感じる瞬間です。この体がよみがえっていくリハビリの様子は「普通のことが普通にできる」の項で詳しく書きましたのでそこで味わってください。

ところが、この毎日のリハビリもうまくいかない日があるのです。

「昨日うまく歩けたのになぁ。今日はもっとうまくいくと思っていたのに……」

こんな日がよくあります。スポーツだって同じだと思います。落語の世界も同様です。昭和の名人といわれた古今亭志ん生師匠でさえ「一年のうち自分で満足のできる高座は二、三日程度しかありません」といいます。

このできないときにできない自分を責めていませんか。こんなこともできないのか、こんな体になっちゃって、と自分をいじめていませんか。もっとしっかりしろ、と自分を叱ってはいませんか。

そんなふうにこころが体を叱咤すると、自分の中でそのこころと体が離れてしまいます。自分の思いに体がついてきてくれなくなります。そうなると何をやってもちぐはぐで、焦燥感や悲壮感だけが先行し、周りにも悪影響を及ぼします。

自分を褒めてあげることです。

「普通のことがしたい」という切ないまでの思いに、よくここまでついてきてくれたなぁ、よく頑張ってくれたなぁ、とこころが体を褒めてあげることが大切です。ここまでついてきた体を自分が一番に褒めてあげることです。自分が自分の体の応援団長になってあげるんです。それでこころと体が一つになれるのです。

こころと体が一つになると、一見困難と思える大概のことは乗り越えることができます。理屈や計算からは出てこない人の力のすごさがここにあります。

人の育成の基本は褒めることです。人は褒められて育ちます。

会社勤めをしていたころ、私の部署には若いスタッフが大勢いました。目先の指導も必要ですが、その人の五年先、十年先を考えての指導がもっと大事なのです。いいところを見つけて人前で褒めてあげることです。

「このことによく気がついたね。そうだ、その調子で頑張って！」

この言葉で、私の要求するレベルの高い仕事に対しても、この人は見違えるように楽しく仕事に取り組みました。その完成度も高いです。帰り際「無理すんなよ」と声をかけると、「無理をさせ無理をするなと無理を言い」というサラリーマン川柳の傑作を、大きな声で挨拶代わりに朗読してくれました。部内は大笑いになってにぎやかな部署になったものです。褒めることからスタートです。


叱るというのは、相手の立場や状況を考えて冷静に行うことができますが、怒るのはほとんど本能的です。医学でも生活習慣病予防の面から、怒るのはできるだけ避けるべき、とよく言われます。

岩手県北上市でクリニックを開業する千田恵美先生は、怒りの悪影響をいつも説かれています。千田さんは、私が北上市で行う落語講演会を熱烈に支持してくださり、病院内には講演会の自作のポスターを掲示して、患者さんを誘い真っ先に駆けつけてくれます。リウマチでは、怒りが痛みを強くすると言われており、こころの叫びである怒りを静めるために物事は自分中心に考えよう、そして日々の生活では笑いが怒りを凌駕するよう指導しておられます。

町でも電車の中でも人の迷惑を考えない人を見ると、イライラしてきます。これは自分が描く理想と現実とのギャップから生まれる自己嫌悪で、自分への怒りなのだそうです。この無限の怒りを消すのは、それを上回る笑いである、ということなのでしょう。千田さんのモットーは「一診一笑」で、診察室では必ず笑い声が聞こえるよう努力されています。たとえばこんな具合です。内科検診に行きたくない人には、こう言うんです。

「検診に行かないか！」

真剣で真面目な顔から飛び出すこの一言に、皆さん思わず吹き出してしまうそうです。

ここにも笑いの伝道師が活躍しています。

最後に、納得できる高座が年に二、三日だという志ん生師匠にお話を戻します——。

へぇ、名人になるとなかなか芸に納得できないんだ。とすると、当たり外れどころかほとんどが外れの高座なのか、とがっかりしているると、「今日が、その二、三日のうちの一日でございます」とどこまでも調子がいい。生き方の極意を垣間見ました。

一年に一度はスポットライトを

【008】

一年に一度の東京深川での「いのちに感謝の独演会」、ここ二、三年は全国からの希望者が多く午前、午後の二回公演を行っています。多くの皆さんの申込書には「生きたい、行きたい」という思いが溢れています。

「今年もまた、深川へ生きていることを確認に行きます。昨年、フィナーレの三本締めを思わず舞台に上がってやりました。樋口さんと握手したのを励みにしています」

「会場ではたくさんの仲間に出会い、自分も頑張らねばと思いました。会場で知り合ったHさんと、『来年も、きっとここで再会しましょうね』と約束しました」

皆さんのこの思いに可能な限り応えたい、と妻と二人で一年間あれやこれやと準備をします。これもまた楽しいものです。

「ありがとう。来年も来るね、きっと」

こう笑顔で言ってくださる一言が、私たち夫婦にとっては何よりの財産です。これが「来年もやろう」という毎年の原動力になっています。

「鞍馬《くらま》」の出囃子に送られて高座に上がります。高座が一段と明るくなります。「よし！」と気合が入ります。心地よい緊張感が駆け抜ける瞬間でもあります。ご機嫌を伺うのは、毎年のお約束「病院日記」です。

「今年はどんな新しいネタが聞けるかな」

「口がしびれる抗がん剤は今年も聞きたいな」

会場の皆さんの目と耳が私の一言一言、手振り身振りに注がれるのがわかります。笑い声の合間の息遣いまで伝わってきます。注目されている、と実感する瞬間です。

この見られているという緊張感が、身もこころもシャキッとさせてくれるんです。疲れるからやめなさいではなく、それを上回る満足感と達成感が味わえます。これが大事なんです。

女性のほうが長生きである理由の一つが着飾ることだと私は思います。美しく見られたい、若々しく見られたい。実際にそう見えているかどうかは別として、この気持ちが心身を活気づかせているのです。デパートの女性用品やお化粧品の売り場面積が男性用品に比べて圧倒的に広いのは、単に理屈だけではなく消費につながっていることを証明しています。

絵門ゆう子さんが全身にがんが転移していても、朗読のステージに立ち続ける秘密は何だったのでしょうか。

「私の使命感ね。それに不思議と元気になれるの」

彼女はこう言っていました。同じだなぁ。私もこの気持ちで毎年高座に上がります。

自分が注目されていることで、スポットライトを浴びることで、元気になれる。皆さんもこれをやってみませんか。私には無理です、と即座に決めつけないでください。何も独演会の高座に上がりませんか、朗読コンサートを開きませんか、と言っているわけではありません。自分が主役になれる一日を作ればいいのです。

生活には区切りやけじめが大事です。その区切りで達成感や満足感を味わって、そのエネルギーを次につなげるのです。

企業人であったころはこの区切りを大事にしていました。「君たちはすごいことをやったんだよ。自慢にしていいんだよ」飲み会を開いてビールで乾杯して、何度も仕事の成果を褒めてあげる。これで自信がつくのです。それが次のレベルの高い仕事につながります。一度黒字に転換した事業は、めったなことでは赤字に転落しません。これは一度黒字事業にした経験と実績が自信につながるからなのです。

誰にでも一年に一回誕生日があります。「何をもう、今さら」と言わないでください。がんになれば、手術をした日や退院をした日が二つ目のいのちの誕生日でしょう。これだけでも、本来の誕生日と併せて一年に二回もあります。

この日はあなたが主役です。それぞれ自分の時間を大事にしている家族も、この日だけはあなたの予定に合わせてくれます。気の合った友達がやって来ます。集まってもらうために最初はあなたの手弁当でいいじゃないですか。冷たいビールもつけましょう。

そして、あなたがいちばん気持ちのいいことをすればいいのです。話したいのであれば、途中で話の腰を折らずに最後まで聞いてもらうのです。カラオケで連続十二曲熱唱するのが夢だったら、この日に叶えましょう。しゃべるのが苦手な人は集まった人にあなたのことを話してもらうのです。皆があなたのことを喜んで支えてくれている。この日一日はあなたにスポットライトがあたっています。たくさんの費用をかけるわけではなく、一年に一度か二度、こころの贅沢を楽しむのです。きっと笑顔が輝いてきます。自分は気がつかなくても周りが笑顔で返してくれます。そして次が楽しみになります。


スポットライトのあたるいのち、やってみませんか。

そうそう、こんな人もいます。

「あっ、私、再発してるから誕生日が一年に三回もあるよ、勝ったね！」

うしろから押してくれるお供

【009】

「桃太郎」という昔話があります。作られた年代や場所は不詳ですが、誰でも小さいころにはおばあちゃんから話してもらったり本で読んだり歌ったりして、一度は聞いたことのある楽しいお話です。このお話が落語にもあるのをご存知ですか。落語の「桃太郎」はこの昔話の奥深い教えをおもしろおかしく解説してくれています。私はこの落語が大好きで、入院中も何度も聞いて大笑いしました。

一昔前は親が子供を寝かしつけるときにこのお話をしたものですが、最近の子供は小さいころから教育が行き届いているので、昔話を素直に聞くようなことはありません。こんな具合です。

親「むかし、むかし……」
子「それはだいたい何時代？」
親「あるところに……」

子「場所を特定して！」
親「おじいさんとおばあさんが……」
子「名前は何ていうの？」
親「うるさいなぁ、頼むからちょっと黙ってて……」
　こんな調子です。何とか話し終わっても、いっこうに寝る気配がない。それどころか、子どもが桃太郎の話の解説を始め、これが妙に説得力があり親のほうが聞き入ってしまいます。今から寄席の世界にご案内して、この噺の後半部分のいちばんおいしいところをご紹介しましょう。

子「……それから、お供について行く動物が三つ出てくるよねぇ。これ、何でもいいわけではないの。犬は三日飼うとその恩を忘れないというほど仁義に厚い動物なんだよ。

猿は猿智恵とはいうけど人間の次に智恵のある利口な動物だし、キジはすごく勇気のある鳥なんだ。キジが卵を温めているときに空から鷹が狙ってきても、自分を犠牲にして卵を守るんだよ。この三つで、智・仁・勇という三つの徳を表現しているんだ。

それから、鬼が島、そんなものはどこを探してもこの世にはないの。この世の中のことを鬼が島にたとえてあるんだよ。人間と生まれてきたからには、世の中へ出て苦労する、これが鬼が島の鬼退治。それに、おいしいきび団子というけれど、きびは五穀の中でもいちばん粗末でまずい食べ物なんだよ。贅沢をしてはいけないという教えが、このきび団子。世の中へ出て苦労するときに贅沢をせずに質素を守り、智・仁・勇という三つの徳を身につけ一生懸命働いて、やがて鬼を退治して山のような宝物、というのは名誉とか信用という財産を身につけて、親に孝行をして世の中のお役に立ちなさいという、これが人間としていちばん大事な道であるということを、昔の人は子供にもわかるように、おもしろおかしく話してくれた。そんな昔話の中でもいちばんよくできたお話の一つなんだよ。そんなことも知らずにあんなふうにしゃべったら昔の人が悲しむよ。僕の前だからいいけど、外でしゃべったらダメだよ、お父さん。お父さん？　もう寝ちゃったの？……今どきの大人は罪がないなぁ！」

少し長かったのですが、私のしゃべり口調でそのまま再現してみました。読んだだけでもほのぼのとしておかしいでしょ。

で、ここで言いたいのは落語鑑賞ではなくて、この桃太郎にも世の中を渡るのに智・仁・勇のお供がついて、その持ち場持ち場でしっかりとうしろから後押しをしてくれています。

私が、悪性度が高く生存率がきわめて低いがんに出会い、治療を終えて二つ目のいのちのスタートラインに立ったとき、「やっとこのスタートラインに立てた」という感慨と、「どの道を歩けばいいのだろう」という不安が入り雑じっていました。ですが、妻が横にぴったりとついて歩き始めると、桃太郎と同じように「私もお供します」と、次から次にお供が現れてうしろについてくれました。

最初に「自然療法」がやって来ました。がんや抗がん剤でズタズタになったこの体を一度自然の力に預けてみたらどう?という誘いです。玄米や菜食は目に見える手段であって、本質は大地のエネルギーに身をゆだねるということです。砂浴やヨーガなどは大地の力を受けやすいものです。夏には九十九里海岸に行って一日中砂の中に入っていると、真っ青な空と海に真っ白な雲、それに地鳴りのように押し寄せる波の音だけです。この広大な世界に大の字になって砂の中で寝ていると、大きな悩みがいつの間にか小さくなって消えて体とこころが洗われていきます。これにかかるお金は海までの交通費の実費だけです。理屈を言う前に動いてみて得られたお供です。

次に来たのが「うちのネコ」です。本能で生きることと断る勇気を教えてくれました。楽しいことは先に延ばさずあきらめないで何としても今やろうよ。その代わりイヤなことは何でも引き受けないで断る勇気をもとうよ、とうちのネコが教えてくれました。（詳細は「我が家のネコが私の師匠」参照）

最後に「笑い」がやって来ました。以前からつかず離れずにいたのに長い間私が気づかなかったようです。これは歩いていく目の前をいつも明るく照らしてくれます。そして友を連れてきます。笑いは免疫力を高める、などと理屈を言わないほうがいい。そばにいてくれるだけで周りも自分も楽しくなれる力をもっています。（詳細は「笑いは最高の抗がん剤」参照）

私の二つ目のいのちには、こうやって「自然」と「ネコ」と「笑い」がお供についてにぎやかな道中です。皆さんにはどんなお供がついていますか。一度点検をしてみてください。きっと素晴らしいお供がついているはずです。それに気づいてこの桃太郎道中を思いっきり楽しんでください。

待つのがまつり

【010】

「いのちに感謝の独演会」は、江戸の下町情緒が今なお色濃く残る東京深川で毎年行います。場所は深川江戸資料館小劇場。地下鉄の駅を出てこの深川江戸資料館までの二〇〇mほどの町並みがこころを落ち着けてくれます。駄菓子屋さんがあり、深川めし屋さんが軒を連ね、たくさんのお寺さんが門を開けています。深川は谷中と並んで東京でもお寺の多い町です。いつも変わらないこの町並みが、お約束のように一年に一度訪れる私たちを迎えてくれるのです。この道を一歩一歩確かめながら歩いていると、自然と熱いものがこみ上げてきます。緑の木々のトンネルの先に「深川江戸資料館」の幟が見え隠れします。

「今年も来られたね」

「うん」

これ以上の言葉は要りません。「いのちに感謝の独演会」は一年に一度だけ。それぞれの人が自分のいのちを確かめに来る日でもあるのです。ご主人が肺がんという滋賀県のご夫婦は毎年泊りがけでお見えになります。奥様は「二人で旅行ができたのは何十年かぶり。毎年この日を楽しみにして暮らしています」と言われます。愛知県の乳がんの方は「来年も来たいです。いえ、きっと来ます！」とご自分に来年のいのちを約束します。

私たちがんと出会った者にとって、来年を約束するというのはたいへん難しいことです。「来年のことはわかりません」が普通の答えです。私は一年後の講演のご依頼はお受けしていません。もし、がんの再発や転移で私に異常が起こった場合、それがどんな理由であれ結果的には主催者の方にご迷惑をおかけしてしまうからです。

ですが、「来年も、深川に来よう」という思いが一年先を心待ちに楽しく過ごせることになり、希望と勇気につながるとしたら、これはお互いに素晴らしいことです。これは一年先のその日が楽しいということよりも、楽しいことを待つという期待感が不安や恐怖を抑えてくれるからです。

「待つのがまつり」という言葉をご存知ですか。

「藪入《やぶい》り」という古典落語があります。江戸時代、商家に年季奉公に出された子供が実家に帰るのを許されるのが年に二日だけ。一月と七月の各一日です。これは制度としてのお約束なので親も子もこの一日を楽しみに生活します。特に子を待つ親の情を描いた場面は秀逸です。

「……おいオッカァ、今何どきだ。おい、ひょっとしてうちだけ時が経つの遅れてんじゃないか。隣に何どきか聞いてみろよ」
「……おいオッカァ、亀（息子の名）は納豆が好きだったな、食わしてやろう。刺身もいいな。品川の海も見せたいな、それから足をのばして川崎のお大師様だ。どうせなら横浜も見せてから江ノ島。そうだ、ついでに静岡まで……」

先代三遊亭金馬師匠の十八番《おはこ》です。この待ってる間が楽しいんです。ああもしてやろう、こうもしてやろうと夢が際限なく広がっていきます。この待ってる時が長ければ長いほど楽しみも深く大きく続きます。

ついに待ちに待った倅の亀が帰ってきて、戸の前で一言言います。

「ご無沙汰をいたしました。めっきりお寒くなりましたが、ご機嫌よろしゅうございます」

ついこの間まで鼻たれ小僧だった倅のこの挨拶に、両親とも涙で前が見えず、ただオロオロするだけという情景です。この噺の最高の見せ場です。

この噺は現代でも通じるものがあります。大学に入って下宿生活をしている息子が、夏休みに久し振りに帰ってくる。母親は落ち着かない。

「あの子、普段ちゃんとしたもの食べていないだろうから、好物をいっぱい作ってやらなきゃ」

「あの子、暑がりだから冷たいスイカがいいかねぇ」

「帰りには、新鮮な野菜をいっぱい持たせてやらなきゃ……」

どこまでもきりがありません。

私が主宰する一年に一度の「いのちに感謝の独演会」はこの落語「藪入り」からヒントをもらったのです。一年先をお約束するのは勇気のいることですが、それ以上に希望が芽生えます。開催の日に来年の日をお約束すれば、私も含め皆さんが次の一年間を心待ちに楽しく過ごすことができます。

これが「待つのがまつり」なんです。

今では、私の一年は、この九月の独演会が中心になって動いている、と言っても過言ではありません。

楽しいことをいっぱい用意することです。宇宙飛行士になりたいとか、船で世界一周したいとかは夢としてとっておいてください。

身近なことですぐに実現できることが手帳に書ききれないくらいいっぱいあるといいんです。

「今週はあの本を読み終える」「携帯メールを片手で打つところを見せる」「このテレビドラマの続きをきっと見よう」「月に一回は鈴本（末広亭でもいい）へ行く」……

大事なことは、実現できることを用意することと、在庫はこまめに補充することです。きっと毎日が楽しくなります。

そうです、「待つのがまつり」です。

いい嫁、いい母をやめた！

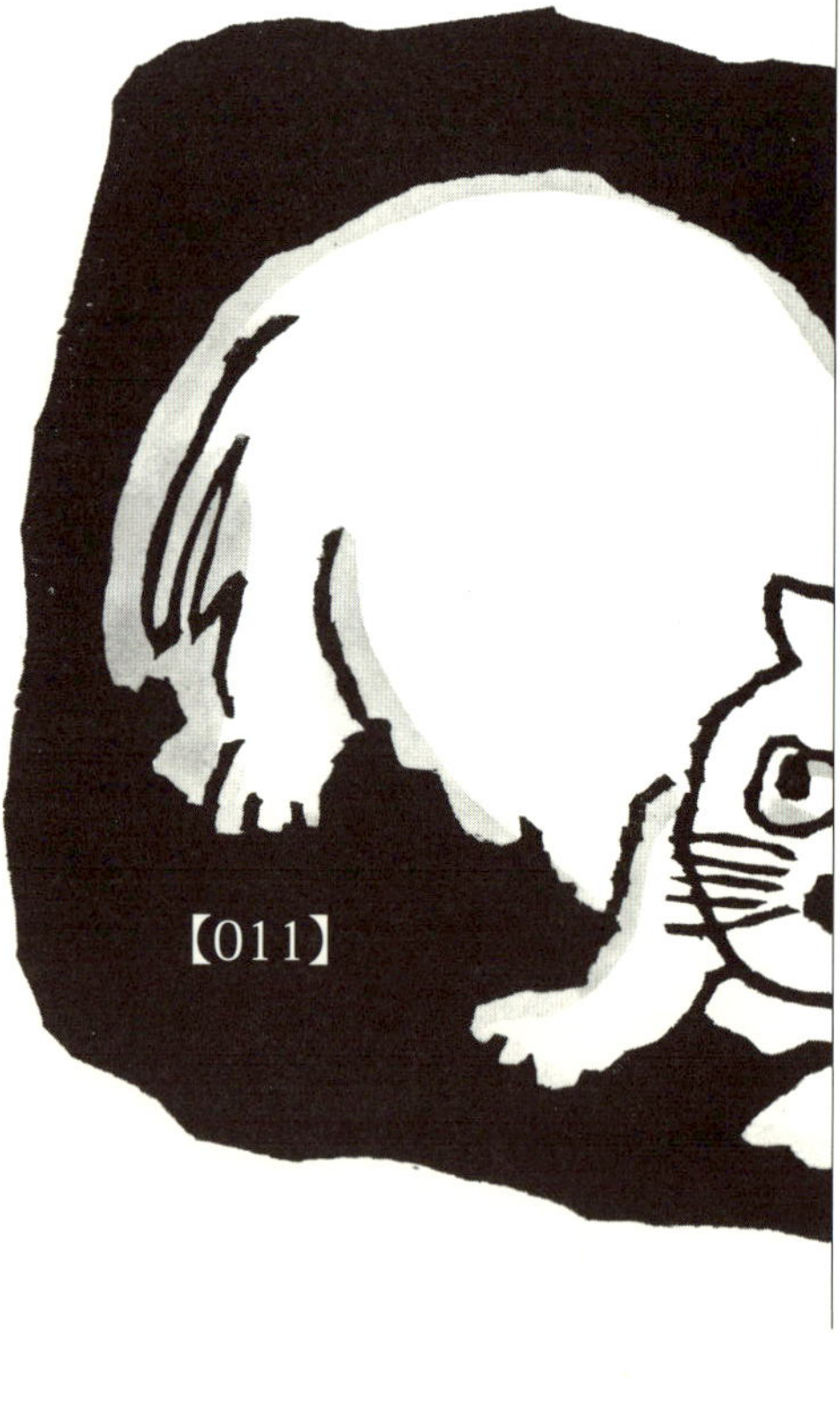

古典落語に「佃祭《つくだまつり》」という噺があります。ホール落語や寄席のトリできっちり演ると四十五分ほどかかる人情噺なんですが、大筋はこうです――。

神田小間物問屋の祭り好きの次郎兵衛さん。佃祭に出かけたその帰り、終《しま》い舟《ぶね》に乗ろうとするところを知らないおかみさんに呼び止められる。話を聞けば、三年前、金をなくし吾妻橋から身投げしようとしたところを次郎兵衛さんに助けられ、三両の金をもらったという。終い舟に乗り遅れ、おかみさんの家でお礼のごちそうになるうちに、人を乗せ過ぎた終い舟が沈んだという知らせが飛び込んでくる。冷や汗でびっしょりの次郎兵衛さん。

そのころ、次郎兵衛さんが死んだと勘違いした家では大騒ぎです。

気の早い町内の連中によって通夜の仕度がすっかり整います。そこへ、次郎兵衛さんが家に帰ってきて一騒動が起こりますが、話を聞いて次郎兵衛さんの日頃の行いがいいからだと、みんな納得。

これを聞いて与太郎が動いた。「身投げを助けて、金を恵んでやると自分の命が助かる」。翌日から三両の金を持って身投げを探して歩きます。やっと永代橋で手を合わせている若い女を見つけた。

「身投げはやめな」

「身投げじゃないよ。歯が痛いから戸隠様《とがくし》に願かけていたんだよ」

「いや、身投げだ。袂に石が入ってるじゃないか」

「これは石じゃない。納める梨だよ」


という噺です。「戸隠様」は歯痛の神様で願かけには梨を納める風習があったことを知らないとサゲがわかりませんが、与太郎の悔やみの場面は抱腹絶倒です。是非一度、寄席でお聞きください。

この噺の中で、次郎兵衛さんが身投げをしようとした人を助けたことを、お通夜で集まった皆に、お坊さんがこう諭します。

「人にするんじゃない、みぃんな（自分に）返ってくるんだよ」

実は、このことを言いたくて佃祭を長々と引用しました。

私は、一年に一度の「いのちに感謝の独演会」を毎年続けています。これを楽しみに全国からがんの仲間と家族が駆けつけてくれますが、皆さんのためだけに開いているのであれば、こんなに長続きしません。きっと疲れてしまいます。この独演会でいちばん楽しんでいるのは、実は私なのです。会が終わった翌日から来年の企画を練り始めます。お囃子教室をやろうとか、ホームページを立ち上げてそこからお知らせしようとか、いろんなアイデアを少しずつ実現していきます。コツは「楽しみながら」です。義務感ではやりません。自分が高座を楽しむことで、そのエネルギーが笑いになって皆さんに届いて一緒に楽しめれば最高なのです。

思いっきり笑った会場の笑顔と笑い声が私の目と耳を通して戻ってきます。それは何百倍の力となって返ってくるのです。それをまた高座から次の力として送り出します。ライブのすごさがここにあります。

その秘訣は、まず自分が楽しむこと。これがコツです。

「がんです！」

郵便はがき

料金受取人払

小石川承認

7639

差出有効期間
平成21年3月
30日まで

112-8790

〈受取人〉

東京都文京区白山3丁目6番13号

株式会社
春陽堂書店

編集部　行

お名前（フリガナ）

ご住所　〒

TEL

e-mail

ご愛読ありがとうございます。

●ご購入書名

[　　　　　　　　　　　　　　　　　　　　　　　　　]

●この本をどこでお知りになりましたか？

[　　　　　　　　　　　　　　　　　　　　　　　　　]

●ご意見、ご感想をお聞かせください。

●このハガキに記載していただいたあなたの個人情報（住所、氏名、電話番号、メールアドレス）宛に、今後春陽堂書店がご案内をお送りさせていただいてよろしいでしょうか。不要の場合は［いいえ］に丸印をお付けください。

［いいえ］

ご協力ありがとうございました。今後の参考にさせていただきます。

そう言われて誰もが一番に頭をかすめるのは、これです。

「どうして私ががんなの？」

「どんな悪いことをしたっていうの？」

その次に現実の生活が浮かびます。

「子供を朝起こさなきゃいけないし、お父さんは着替えの場所もわからないし……やることがいっぱいあって入院なんかしてられないんだけど」

真面目な人ほど自分を苦しめます。そして「あなたのために頑張る」「この子のために生きる」と、いい嫁でありたい、いい母でありたいと考えます。このことは素敵なことで生きるエネルギーにもつながります。でも、本当にあなたが面倒を見なければならないのは誰でしょうか、誰のために生きるのでしょうか。

「私、あなたたちのために頑張るよ」

これは、確かに美しい言葉に聞こえますが、実は言われたほうはずいぶん重荷になっています。お母さんのためにいつもいい子でなければなりません。お母さんを怒らせてはならないのです。これはつらいですよ。

嫁や母である前に一人の人間として自分自身を見つめてほしいのです。自分のために。

「私、いい母やーめた！」

「私、いい嫁で頑張るのやーめた！」

がんに出会い、思い悩み、数々の先輩を見ながら一皮剥けた大勢の人たちに出会います。彼らは、底抜けに明るい笑顔で例外なしにこう言います。もう自分の生き方をつかんでいるんです。

「お母さん、このごろ明るくなって何だか楽しそう」

「お母さんが生き生きしてるからうれしくなってくる。応援するよ」

「お母さん、若くなったね。僕も頑張るよ」

お母さんが自分自身で輝いていることが、家族もうれしいし元気になれるようです。

笑いは最高の抗がん剤

【012】

私ががんと出会って、二つ目のいのちを生きるときにお供についてくれる心強い味方がたくさんいます。その一つが「笑い」です。

一年に一度だけ東京深川でがんの仲間とその家族だけを招待して落語会を開きます。これが「いのちに感謝の独演会」、呼び物は私の自作「病院日記」。これを聞きにがんの仲間と家族が全国から駆けつけます。

「……今朝早くに家を出てきました。やっとの思いで会場に着き、席に座ったとたんに涙が出てきて止まりません。一年間待ちに待ったこの独演会、やっと来ることができたという思いと、この会場はがんの仲間だけという安堵感で、自然に涙がこみ上げてくるんです」（愛知県の乳がんの方）

この落語は、がんを乗り越えてきたそのつらい闘病生活を明るいこころからの笑いに変えて伝えていきます。

「……抗がん剤の副作用に髪の毛が抜ける、というのがあります。あれ、イヤなもんですよ、私も抜けました。男の私でもショックなんですから女性の方はもっとつらいですよね。けど病院はこんなとぐらいでは心配なんかしていません。なぜかというと、また生えてきますからね。あっ、言っときますがね、また生えてくるのは治療の前に毛があった人だけですよ！」

会場の皆さんは涙を流しながら笑ってるんです。単に物事の道理がおかしいからだけではなくて、この会場にいるほとんどの人が抗がん剤で髪の毛がなくなった体験をもっているんです。そしていのちと引き換えに行うこの非情な抗がん剤の治療のつらさを知っています。この経験は誰も忘れることがありません。だからこの噺で、皆さんはそれぞれのつらい思いをしたあのころに一瞬にして戻れるんです。そして自分の来し方を振り返ったときに自然に涙がこみ上げてきます。皆同じ経験をしているから言葉は要りません。体験したつらい苦しい事実が、最後はオチという笑いで救われるんです。落語という話芸で裏打ちされた笑いに乗って吹き飛んでいきます。

「……笑いが体にいい、免疫力が高まり、中でもがんや糖尿病によく効く、それが遺伝子のレベルでわかってきたんです、って医学が胸を張って言い始めました。そして笑いをがんの治療に取り入れる病院が増えてきました。ですが、私たちは思いっきり泣いたり笑ったりすれば気持ちがスッキリすることは、前から理屈ではなく本能的に身をもって知っています。泣いても笑ってもストレスホルモンが排出されるからだそうです。でも同じなら笑って排出したいですよね。あっ、怒るとせっかく出したストレスホルモンがまた戻ってくるそうですよ。一回怒ったら二回分の笑いが帳消しになるそうです。今日から怒るのやめましょうね、お父さん。ストレスホルモンはやっぱり『放〜るもん（ホルモン）』です」

涙も笑いも同じようにストレスホルモンを外へ排出してくれるそうです。だから泣いたらスッキリするんです。つらいときはよく「思いっきり泣きなさい」って言いますよね。ひと事だと思って無責任によく言うよって思ってましたが理屈はあるようです。

がんの仲間のこの怒濤のような笑いと涙を受け止めることで、高座の私は会場の皆さん以上に大きな希望と勇気をもらっているのでしょう。あの嫌な副作用がなくてすぐに効く。使用には国の承認も不要で古来から治験済み。けれどコンビニには売ってません。あなたのこころの中に眠っています。何よりも笑いは伝染します。自分の笑いは見えなくても、笑った相手の笑顔と笑い声が戻ってきます。これがあっという間に広がり、皆のこころが豊かになり、希望と勇気が湧いてきます。だから「笑いは最高の抗がん剤」なんです。

嫌いな言葉と余計なお世話

【013】

「口は災いのもと」ということわざがあります。

考え方の違う人に自分の真意を伝えるというのは難しいものです。「言わなきゃよかったなぁ」という経験は今までの人生で数え切れません。

血気盛んな若いころ、上司が「自宅で測った血圧のデータがパソコンで病院に直送されるんだ。自宅と病院が直結して便利になったよ」と自慢していたので、つい「そのうち病院とお寺もパソコンで直結すれば安心して死ねますね！」とやっちゃった。それ以来、昇進と昇給が遅れたような気がします。

がんに出会って十年が経ちました。今ではもう病院とは縁が切れません。この世界に入り込んで、はじめての経験や出会いがたくさんあり、驚いたり感心したりしながら慣れてはきましたが、今でもどうしても馴染めない言葉や習慣がいくつかあります。

その一つが「がん患者」という言葉です。この言葉は病院だけではなく、一般社会でも当然のように普通に使われています。でも言われるほうの私にとっては、この言葉を聞くたびにつらくなるのです。がんに出会って治療して、このがんから少しでも遠ざかりたい、がんのことを少しでも忘れたいと思っているのです。そこへうしろから「がん患者ぁ、がん患者ぁ」と、手招きして引っ張り戻されてるようなものなのです。本人の病状を特定するために一般名詞として使用されているであろうことはわかりますが、そこにはがんの本人への気遣いは微塵も感じません。

あたりまえのように使われている「患者」という言葉にも違和感

があります。患《わずら》ったもの、という言葉からは欠陥品や弱者を連想させ、一段高いところからの医療によって自ずと強者と弱者の関係が構築されていくような気がします。

医療現場でもこのことに気づき始めていて、最近ではどこの病院でも「患者さま」と言います。ですが、この組み合わせはもっと変ではありませんか。私には「バカさま」と言われているように聞こえます。どうしても「患者」という言葉は捨てたくないようです。

病院の看護師長さんからよく言われます。

「私たちも悩んでいるんです。じゃあ、どうお呼びすればいいですか」

「お客さま、でいいんじゃないでしょうか」

私はいつもこう言います。この「お客さま」という言葉からすべてが始まると思います。ですが、「私たちも悩んでいるんです」とおっしゃる看護師さんが全国にたくさんおられることがうれしいです。

病室を訪れるお見舞い客は、帰るとき決まってこう言います。

「頑張ってね」

確かにがんの人を見舞う立場もつらいのでしょう。何と言って励ましたらいいか言葉が見つからないのでしょう。できれば早く帰りたい気持ちもわかります。

ですが、「頑張ってね」と言われると無性に苛立つのです。手術の痛みや副作用のつらさ、再発の不安や恐怖と向き合い、体もこころも文字通り必死の思いで毎日一生懸命頑張っているのです。そこへ、追い討ちをかけるように「頑張ってね」と言われると、こころの中でこんなふうに反論します。

「もうギリギリなんだよ。こんなに一生懸命頑張ってるのに、これ以上どう頑張れって言うの。もっと具体的に言ってよ。無責任なこと言わないで。余計なお世話だよ！」

口に出しては言いません。もちろん、お見舞いに来てくれたことをうれしく思って感謝もしているのですが、こういうときの精神状態はかなりひねくれています。挨拶や決まり文句のように言う言葉はけっしてこころには届かないのです。

「じゃあ、友達の見舞いに行ってどう言えばいいんですか」

こう聞かれます。病気や治療計画のことなどにはいっさい触れずに、世間話だけをして「じゃあ」で帰る、これがいちばんうれしいのです。あなたが帰った後で「あいつ、病気のことを一言も聞かないで気を遣いやがって」といつまでも覚えています。

どうしても病状に触れたいのなら、「頑張ってね」ではなく、その中に「る」を入れてごらんなさい。

「頑張ってるね！」

あなたの頑張っている姿を応援しているよ、という気持ちが込められています。こう言われると、聞く耳をもちます。「そうか、私を見てくれているのか」と心強く思い、こころの底からありがたくうれしくなるのです。

これは言葉の遊びをしているのではありません。心底苦しんでいるとき、必死で頑張っているときに、周りでこれでもかと激励するのではなく、「その人を見る」ということがいちばん大事なのです。ときには評価をせずに、黙ってそばについているだけがいちばんうれしいこともあるのです。

この項目では、嫌われることばかりを書きました。「嫌いな言葉」というタイトルより「私は嫌われる人」のほうが最適かもしれません。ですが、摩擦を恐れずに一度は伝えておかなければならないことであり、これが私の使命でもあります。

そうそう、「口は災いのもと」ということわざがありました。

支え合う仲間たち

【014】

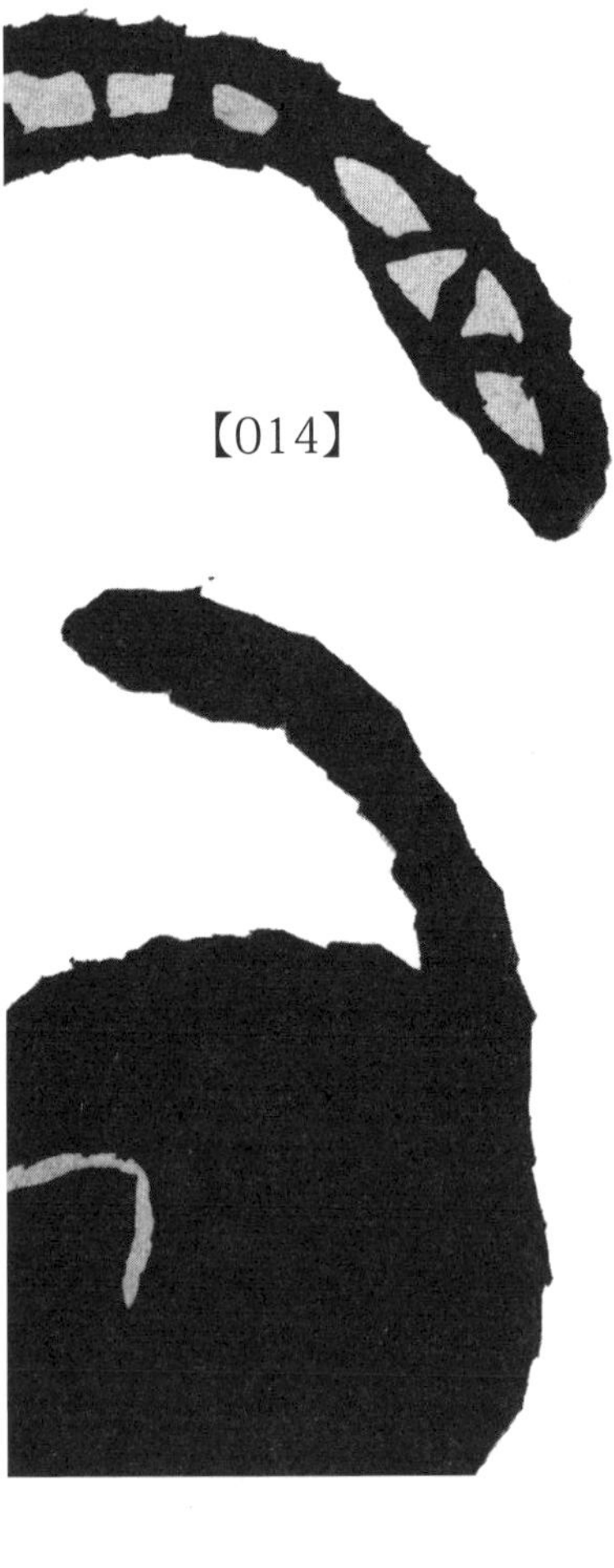

講演の仕事で各地に出かけることが多くなりました。私のほうからPRすることはないので、多分メディアや口コミを媒体として伝わっているのだと思います。拙著や私のホームページが契機のご依頼もあります。最初に主催者のご依頼の主旨を、時間をかけてよく伺うことにしています。そのご依頼が、自分に果たせる内容か、過剰期待になっていないかなどを考えて、講演の前には具体的な骨組みをしっかりと作ります。これはあたりまえのことですが、このあたりまえの工程をその都度踏むことが実はたいへん重要なのです。

私の講演には、自分の持ち味を出すための基本型があります。「笑いは最高の抗がん剤」や「普通のことが普通にできる喜び」などがそれです。このことを自分の経験を通して笑いと涙で伝えます。それに加えて参加者層に合わせて内容を深化させていきます。がんのご家族が多いときは「本人に何をしてあげたいですか」、医療者が多いときは「患者さんがうれしく思うこととイヤに感じることがわかりますか」と、問題提起してから私の思いをお話しします。これが個別カスタマイズです。講演は、体験や理論をベースにして自分の価値観を伝えるものです。「こう考えます」というメッセージでもあります。体験談との決定的な違いがここにあるのです。

もう一つの私の講演の特徴は「落語付き」ということです。多くのご依頼が「落語もお願いします」と言われます。それも「『病院日記』をお願いしたいのです」となります。「古典落語もやれますが……」と言っても「いいえ、『病院日記』がいいんです。『毛が生えない抗がん剤』と『採血がヘタな看護師さん』のネタは必ず入れてください」と注文がきわめて具体的です。口コミで広がった強さがここにあります。がんに関係する多くの人たちが泣いて笑って元気になって「希望と勇気」が湧いてくる講演会にしよう、私だから実現できる他に類のない講演会にしよう。そんな思いから、講演と落語がセットになって相乗効果を発揮するので「落語講演会」と名づけました。

この落語講演会が本格的に全国で展開されるきっかけは、一本の電話からでした。家を改築中で仮住まいだった真冬の寒い夜に突然電話が鳴りました。それは岩手県北上市に住む方からでした。

「北上に来て、落語と講演をしてくれませんか」

黒田弘子さんという肺がんを治療中の女性です。私を扱った雑誌の特集記事やＮＨＫテレビを見て「これだ！」と直感し連絡をとったというのです。

「北上って、どこにあるんですか」

東北の地理に不案内な私は、失礼にも思わず聞いてしまいました。体調のこともあり、「桜が咲いて暖かくなってから伺いましょう」とお返事しました。

「いえ、それでは間に合わないんです」

あっ、と気がついたんです。そうか、時間がないのか。私は二、三十人の公民館を想像しました。

「わかりました。すぐにでも行きます、皆で大笑いしましょう」

日程も会場もそれから決める、という離れ業。けれど、こういうときはその思いが通じるものです。北上市でもっとも人気のある五百人収容のさくらホールが四月初旬に空いていることがわかり即座に決定しました。

この黒田さんの勇気ある一本の電話から始まった「生きる思い」が、小さな患者会の「動いてみようよ」につながり、町を挙げてのイベントとなりました。当日は満員御礼札止めの盛況で会場は笑いの渦と化しました。

「来年も桜のころにきっとお会いしましょう」

この言葉どおり、毎年春にこの北上では私の落語講演会が開かれ、今年で三回目を迎えました。黒田弘子さんの遺志を継ぎ、高橋みよ子さんをはじめ大勢の笑いを愛する皆さんが、年に一度のイベントを支えています。

福岡に「がんを学ぶ青葉の会」があります。代表は松尾倶子さん。スキルス性胃がんを乗り越え、加えて強靭な精神力を身につけるため、ホノルルマラソンを夢中で完走しました。そして、がんの仲間が安堵して話せ学べる場所を、との思いで患者会を立ち上げたところ、その人望を慕い会員数はあっという間に百五十人を超えました。まさに走りながら考える人です。

「とにかく理屈抜きで笑いたいの。樋口さん来て！」

本当に挨拶も理屈も抜きでした。気がついたら既に日程は決定しチラシもでき上がっています。参加した五百人の人たちがそれぞれの来し方を思い、笑いと涙で上気した様子で楽しそうに帰っていかれました。準備でしんどかった主催者の苦労が報われる瞬間です。毎年落語講演会を開く原動力がここにあるのです。

盛岡では「岩手にホスピス設置を願う会」が毎年開いてくれてい

ます。この会は患者会ではなく有志の市民団体で、バイタリティー
のある会です。一見、無理に思えたり不可能なことを楽しみながら
可能に変えるという、不思議な力をもった会です。

「見通しはどうですか」

「わかりません。けど、きっとうまくいきます」

「その根拠は？」

「何の根拠もありませんが、自信はあります」

その言葉どおり、当日は七百人収容のホールが満席になりました。

「来てごらん、きっと笑って元気になれるから」という主催者一人
一人の目の輝きが人のこころを動かしたのです。

他にも毎年の恒例に、という企画が全国にたくさんあります。

皆さんに共通するのは、この落語講演会は参加者や主催者が主役

ということです。思いっきり笑って泣いてたくさんの気づきをもって帰れるのは参加者で、それを見て最高の達成感と満足感を味わうのは主催者の皆さんなのです。まるで麻薬のようです。これを味わうとまた来たくなるのです、企画したくなるのです。これこそが目に見えない手作りの財産です。

「まず、動いてみよう」

これが今、全国に広がりつつあります。

アンケートの中からほんの少しだけ。

「勇気が出ました。四回目も樋口さんを呼んでください」（北上・六十歳・がんの男性）

「笑いました……来年は母を連れてきてあげたいんです」（福岡・

「私の中の細胞が喜んでいます」（盛岡・女性）

四十六歳・女性）

会場の皆さんが一人の私に向かって真剣にぶつかってきます。それは息遣いでわかります。その一人一人のお気持ちに真剣にまごころでお応えします。これが講演と落語で二時間以上続くと、さすがに疲れます。ですが快い疲れです。体重も確実に一回で二kgは落ちます。これを二、三十回続ければ溶けてなくなってしまうはずですが、最近は多少増え気味なんです。どこかで計算間違いをしているんです。

生きてるだけで金メダル

【015】

二〇〇六年の今年は冬から春、そして夏にかけてスポーツの世界大会が盛んでした。イタリアでトリノオリンピック、アメリカでWBC、ドイツでサッカーのワールドカップとにぎやかなことでした。私もそのたびに観戦に熱を上げてずーっと浸かっていました。ですが、世界の大会が欧米で開催されるというのは観るほうも疲れます。中継が深夜から未明ですから起きてなきゃならない。

別に「ならない」わけではないんですが、やっぱりライブで観たい。結果がわかっている状態で、ニュースや家人や知人の情報を意識して遠ざけて、ひっそりとビデオで観戦するというのは私の性《しょう》に合わない。喜びもつらさもリアルタイムで共有して感動を分かち合う、というのが実にいい。

けれど、これは日本に居ながら時差ボケになります。真夜中のテレビ中継に焦点を合わせて生活するので昼間の意識は寝ています。寝不足ではなく時差ボケというのはけっこうしんどいものです。

企業人であったころ、サンフランシスコへの海外出張が多かった時期があります。それも三日程度で用件を済ませてすぐに帰国です。行きは成田を夕方離陸して、サンフランシスコへの着陸は朝です。空港からダウンタウンへ直行でそのまま終日会議です。機中で眠れないと二日間起きたままで、慣れ始めたころに帰路です。初期のころは、時差が時差を追っかけてきて二重に同時進行します。まさに「時差ボケの輪唱」です。頭の中の配線はこんがらかって、しばらくは意識しないと言葉が出てきません。妻は「いつもそうだから、あまり感じないわねぇ」と、こういうことを平気で言います。

話が横にそれましたが、世界の最高の技を見るというのは感動します。フィギュアスケートの荒川選手の金メダル、うれしかったですねぇ、「飛んだり跳ねたりそっくり返ったり……「イナバウアー」ってかっこいいですね。私はあの技の名を最初に聞いたとき、これは日本人が最初に開発したんだと思いました。そう、「イナバさんが上を見ている状態で、イナバウエー」かと。違うんだそうです。観客からいちばん拍手があるポーズなのに、このイナバウアーは得点に加算されない演技だそうです。荒川選手のこだわりなんですね。でも、このこだわりがいいんです。ここへ来れば自分がいる、自分の存在が確認できる。そんな意地を感じるんです。そして、皆がそれを待っている。それがいいんです。

改めてびっくりしますねぇ。あれ、包丁の刃のような靴を履いて氷の上でやってるんですからね。私なんか畳の上を普通に歩くだけでつまずくンですすよ！　やっぱりあの金メダル、たいしたもんです。

けれどね、ようく考えてみませんか。私たちはがんと出会って、今二つ目のいのちを生きている。

「がんです」と告知されたその日から、明日が約束されていない試練の生活が始まるんです。手術や抗がん剤などのつらい治療を乗り越えたと思ったら、今度は再発や転移という不安や恐怖を背負って毎日を歩いて行くんです。その歩く道には毎日分岐点がやってきます。

「右へ行きますか、左ですか」

その場で決断を迫られます。

「ちょっとさぁ、三日待ってくれない？」

下手な将棋じゃないのでそれはない。すぐに決めないといけない。

それに、私たちのいのちにはバックギアがついていないのです。

「ちょっと、三日前に戻してよ」

そんな都合のいい生き方はできないのです。


半年ごとに関所があって、ここで定期検査を受けます。この門で「ピンポン、ピンポーン」って鳴ると待避線に留め置きです。無事に通過できてはじめて、この先半年間の「いのちの切符」をもらえるのです。これが次の関所までのたった半年間の「いのちの保証書」なんです。ですが、この切符がどんなにうれしいことか、無上の喜びなんです。

検査でつらいことが一つあります。それは検査をしてから、その結果を聞く診察までの時間です。この間にいろんなことを考えます。いい結果だったときのごほうびに何をしようかということよりも、結果が悪かったときのシミュレーションで頭がいっぱいになります。質問事項やこころのもち方まで事前準備します。こころの整理がつかず、寝不足が続きます。この待ち日数が長ければ長いほど、そのつらさは増幅していきます。

これを解消する手だてが一つあります。検査日を先に決めるのではなく診察日をまず決定させて、検査に必要な日数を逆算して検査日を決めるのです。それにより無駄な日数が排除され、悩みも少なくなります。

この検査の繰り返しです。家族や仲間や自分のこだわりがうしろから支えてくれてやっと乗り越えていけるのです。その間に体もこころも鍛え抜かれていきます。こうなると多少のことでは動じません。「いのちの原点」で生きてる者の強さです。

そうです、生きてるだけで金メダルですよ。

このいのちには、それだけの価値が十分にあります。そう思いませんか。お互いに褒め合いましょうよ、自慢し合いましょうよ。

自分の首に金メダルをかけてあげましょうよ。そして、たまにはその金メダルをはずして家族にもかけてあげませんか。

そう、「生きてるだけで金メダル！」。

――つかむ勇気　手放す勇気――

つかむ勇気　手放す勇気

【016】

私が十年前に悪性度の高い肺小細胞がんに出会い、手術や抗がん剤の治療をして、その後遺症である全身のシビレのリハビリをしながら望んだのは「早く職場に戻りたい」ということでした。がんに出会い、体がボロボロになってでもつらい治療を乗り越えてきた。周りの人は口をそろえて「しばらくは家でゆっくりしなさいよ」と言ってくれます。これは私を気遣ってのこころからの応援だと思います。ですが、私にはやるべきことがありました。

働き盛りの人間が再び這い上がろうとするとき、一番に必要なのは社会との接点があるということなんです。この大きな柱があって、自分が社会でお役に立っているとわかってはじめて「私は生きている」と実感できるんです。この確かさが必要なのです。「家でゆっくりして」は、早く社会に戻りたいという思いに逆行して、つらさが増していくだけなのです。

がんとわかって入院し、治癒を目指すための治療が長期に及び、職場復帰には相当期間が必要であるとわかったときに、会社はこう言ってくれました。

「必要な治療とリハビリを思いどおりにやってくれ。お前が帰ってくるまで席を空けて待っている」

この一言が抗がん剤の苦しい副作用に耐えるとき、シビレで動かない体のリハビリをするときに、自分を必要としてくれる仕事があるのだと大きな支えになりました。

職場復帰の日。妻に手伝ってもらいながら、しびれた手でゆっくりですがワイシャツのボタンをはめ、スーツに手を通せたときは、目頭が熱くなりました。この瞬間を何度も思い浮かべてきたのです。駅への道が歩ける、電車に乗ることができる、会社の椅子に座れる。このことがこんなにうれしいと感じたことはありません。

職場に戻ると、机の上には一台のパソコンが用意されていました。全社員がこのパソコンを使って仕事をするようになっていたのです。今では一人一台のパソコンはあたりまえですが、当時としては大きな投資が必要であり、導入する大企業はまだ数少なかったのです。

このパソコンが、職場復帰した私にとっては福の神でした。しびれた手で読みにくい字を書くより、大きなキーボードできれいな文字が打てるので意思伝達が楽で速かったのです。そのうえ、自宅でも仕事が可能になるのでどんなことをしても出勤という必要がありません。使い始めるとおもしろいように技術が上達し、仕事の改革にもつながっていきました。

ほどなく社内のシステム部門から、仕事の効率化だけでなく事業拡大に役立つ使い方ができるよう、システム部門に異動して社内を指導してほしい、というお誘いがかかりました。職場復帰したとはいえ、まだ完全状態ではなく再発の不安もある人間を、一人前以上の扱いで処遇してくれることに感激しました。そして、全社員の情報化推進の旗振り役を仰せつかりました。自分の職場復帰の喜びで始めたアイデアが、全社の業務改革につながる重要ポストの創設と任務につながったのです。この体で自分の居場所ができたのです。

そして、二〇〇四年。気がつくと、職場復帰の日から八年が過ぎていました。がんを抱えてでも働くことの喜びを知りました。その一方で、齢を重ねて体力は大きく落ちましたが全身のシビレは変わりません。一週間の疲れを休日に回復させ、また新たな一週間へと繰り返してきた循環が、二日間の休日だけでは完全には回復できなくなりました。疲労を引きずったままの新しい一週間のスタートとなり、今まで保ってきた体のバランスがだんだんと崩れ始めていたのです。

その矢先です。夏に一週間に二度、自宅のトイレで意識を失い倒れたのです。倒れたときにメガネのフレームの角で目尻の付近を十針縫う大ケガをしました。ですが、ケガよりも一週間に二度倒れたことが気になったのです。

どこかが違う――。

退職することを考えた瞬間です。何となく歩いている道がずれているように感じるのです。

がんに出会い、家族と食卓の笑いを原点にして生きるために、妻と二人でつらい治療を選びました。こころと体が一つになって乗り越えてきたはずです。なのに、体のほうがギリギリの悲鳴を上げている。今この悲鳴を聞いてやらないと取り返しがつかなくなる。そんな気がしたのです。妻に相談しました。

「二人なら何とかなる。この道、行こうよ」

妻は喜んで賛成してくれました。

今までの人生で、設計図を描かないで決断したはじめての選択です。今までは、仕事も生活も先の見通しを数字や論理でカタチにして納得してから選んできました。それが私の最高の価値観だったのです。

ところが、今回は違う。先の見通しを立てていたら答えが出てこない。考える手順が違うことに気づいたのです。限界やピークというのは、「あのときが限界だったんだよ」と、客観的には後になってからわかることです。ですが、体が意識をなくして悲鳴を上げているのも目の前の事実です。体を立て直して二つ目のいのちを伸びやかに生きていきたい——。

体の限界を理由に退職したいことを申し出ました。私の顔を見て、考えた末の結論であることを酌み取って承知してくれました。そして一言だけ、こうつけ加えてくれました。

「食べていけるのか」

私には、親の愛情に通じる最高のはなむけの言葉でした。

退職の日、ともに仕事をしてきたたくさんの人たちが、「これからも落語を忘れずに、豊かに生きていけよ」と新しい門出のお祝いに、古今亭志ん生のCD五十巻と桂枝雀のDVD四十巻を贈ってくれました。つらく苦しいときに支えてくれた会社と仲間が、どこまでも後押しをしてくれるのを肌で感じます。

こうしてその年の年末に、三十年勤めた東レ㈱を自らの意志で退職し、会社生活にピリオドを打つことにしたのです。

失ったものは決して戻ってこない――。

このことを実感させられるのががんという病気です。それを取り戻そうとすると、いつまでもつらいのです。大きな分岐点では大事なものを手放す勇気が必要なのです。大事なもの、というのは時とともに変化していきます。

生きていくうえでいちばん大事だと考えたものを、がむしゃらなまでに「つかむ勇気」が必要です。私には、それが社会との接点である会社生活でした。職場復帰が大きな後押しをしてくれました。ですが、これが時とともに体への負担と変わっていきます。これだけは放せない、と思ったいちばん大事なものを「手放す勇気」が必要になってくるのです。つかむ前に手放すことです。

しっかりと握ったうしろの手を勇気をもって放してみると、自分の目の前に新しい世界が広がります。普通のことが普通にできる喜びを感じ始めると、新しい二つ目のいのちが見えてくるのです。

わからないってすごいこと

【017】

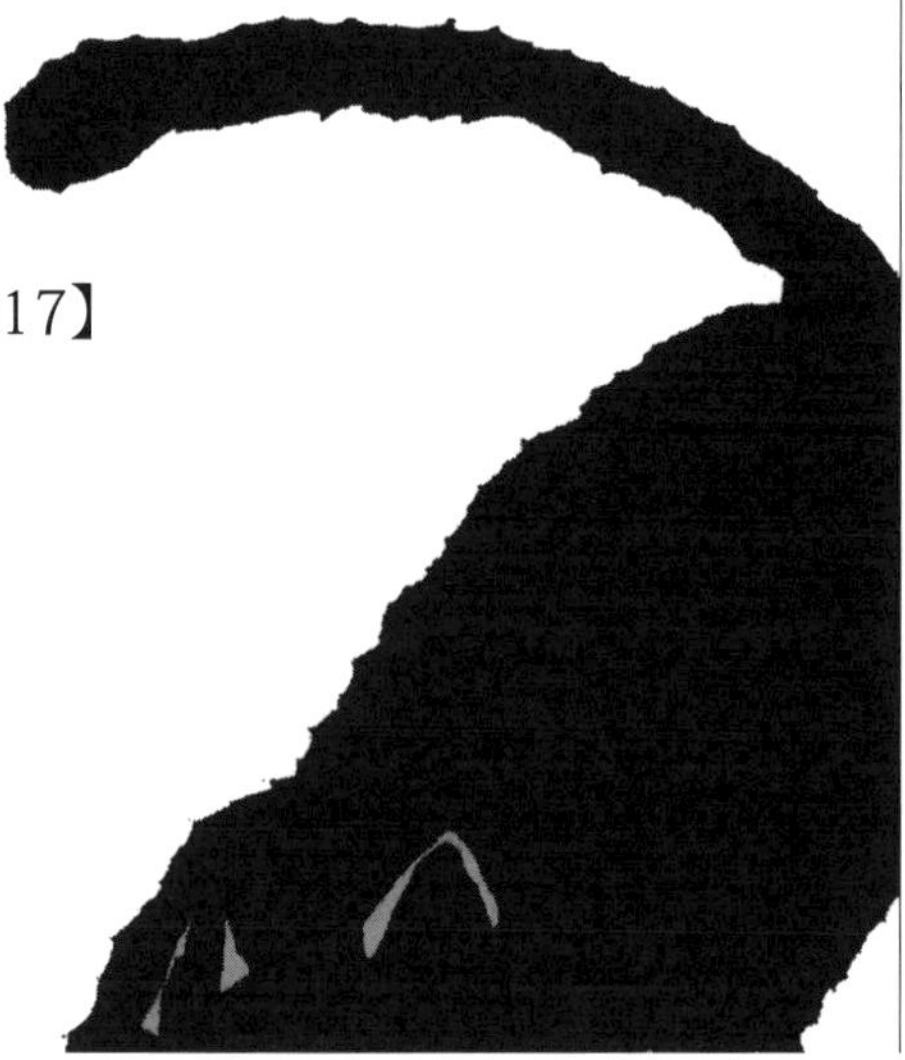

私が肺小細胞がんに出会った一九九六年のころ、国立がんセンターの一般向けがん情報では、肺小細胞がんについてこんなふうに書かれていました。

「三年生存率は五％、五年生きることは稀です」

そして抗がん剤の副作用で全身に出た強いシビレに、その回復の見込みを尋ねると医師はこう答えました。

「わかりません」

国立がんセンターのがん情報は誰でも見ることができます。ここでは多くの症例を基に事実を淡々と数字で表現しています。見方によっては「冷たい」態度です。間違っても「頑張ってください」とか「希望をもちましょう」なんてどこにも書いていません。またそれをこの情報に求めてはいけません。ここではｎ数のいちばん多い病院の

「過去の実績」を数字で示してくれているので、私たちはこれを「辞書代わり」に利用すればいいのです。

当時、その「数字でしゃべるがん情報」が、この肺小細胞がんのところに来ると唯一「稀です」という文学的表現になっていたんです。「まずありません」とか「皆無です」という表現になっていたら生きることを否定されたと考えて、無意識に静かにこのページを閉じたと思います。

全身の強いシビレについても、病院の医師は「わかりません」と言ってくれた。病棟を任される立場の医師にとって「わかりません」は勇気のいる言葉だったと思います。場合によっては、そんなこともわからないで治療しているのか、と受け取られかねません。

ですが、これらのときの私は違っていました。

「そうか、稀というのは、数字は出せなくても0《ゼロ》じゃないんだ。わからない、というのは治らないのではなくて文字通りわからないのだ」

こう受け取ったのです。これがすべてのスタートでした。

「わからない」という言葉の中に未知の可能性を見出せたのです。漠然とした冷たさや否定的な感覚ではなく、自分を受け入れてくれる温かな世界が今見えていないだけなんだ、と理解できたのです。どんな状況になっても可能性がある、希望がもてる、そして生きてる人がいる。目の前に道がついていきます。それを信じて歩いて行けばいい、と。

もし、このとき医師が「あなたが五年生きることはありません。他のことを考えてください」と言っていたら私の生き方は違ったかもしれません。それほど医療者の言葉というのは治療以上に大事な要素なのです。

「ドクハラ」という言葉があります。ドクター・ハラスメントの略ですが、私の周りにも、これによってもっていき場のない怒りに苦しんでいる人がたくさんいます。これは、言った言わないの認否の問題ではなく、受け取る側がそれによって傷つくかどうかが問われているのです。医療者に必要なのは、専門知識や技術の前に、いのちへの真摯な畏敬の念です。わかりやすく言えば思いやりです。

診察の順番待ちで待たせたら、「長い時間お待たせして申し訳ありません」と頭を下げる。「奥様からご覧になって、何か変わったことはありませんか」と付き添いの家族の存在を認める。「私は忙しい」「時間がない」はけっして言わない——。これらはビジネスの世界では、新入社員教育で教わる基本動作です。

話を戻しますが、医師のこの「わからない」という未知の可能性に希望と勇気を託して道をつないだのです。


絵門ゆう子さんとある雑誌で対談したときのことです。このときは私のドキュメンタリー番組を撮っているときでもありカメラも同行していました。

「わからないってすごいことだよね。お互いにこの言葉にずいぶん励まされたね。可能性って計り知れないよね」

「わかりません、と言ってくれる医師が少ないね」

「私、樋口さんの高座見てると、なんだかすっごく勇気が湧いてくるの。よく生きてるよね」

「それは、絵門さんのことですよ。全身にがんが転移してて、あの笑顔で朗読できるんだもの、そのほうがすごいよ」

意気投合しました。誰かが止めなければ一日中二人でしゃべっていたことでしょう。きっと、雑誌に書いていないことのほうがおもしろい会話だったと思います。

このことは、絵門さんもご自分の著書『がんでも私は不思議に元気』（新潮社刊）で書かれています。

絵門さんとは「同志」として、彼女の朗読コンサートや私の落語独演会で、お互いのステージにエールを送ってきました。

「後から続く人たちの道しるべになれればいいね」

「自分たちが輝いていられる場所があるって、しあわせだね」

「いつか二人でジョイントをやろうよ」

「それ、いいね。楽しそうだね、やろうよ」

話だけでなく日程まで決めていました。

そして、絵門さんは静かに旅立ちました。


絵門さんはやろうと決めたらどんなことをしても必ず実現する人だから、きっと向こうでも会場を予約して、チラシや看板まで作って待っててくれているんだろうなぁ。

「がんによく効く絵門・樋口の朗読落語会」

よく見ると、そばに小さな張り紙があります。

「樋口は近日来演！」

名医より良医

【018】

「笑いは最高の抗がん剤」――

このフレーズは私が「いのちに感謝の独演会」を始める少し前から、つまり二十一世紀に入ってすぐに言い始めた言葉です。今では拙著やテレビ、新聞などのメディアを通じて浸透しつつあると思っていますが、少し考えれば気楽な言葉です。よ〜く考えたら不遜な言葉です。でも多くの方が納得してくれる言葉でもあります。特に医療に携わる方から「いい言葉ですね」と言われるとうれしくなります。そして、雑誌の対談やメディアで、または落語講演会や全国各地を訪れてお会いする多くの医師の方々が、私を応援してくださっています。

日本笑い学会副会長で医師の昇幹夫先生はその一人です。昇さんは大阪で診療をしながら「笑いの効用」を全国に説いて歩いておられます。目指すところは同じということで懇意にしていただき、ご講演の中でも私のことを「生き証人」としてしばしば引き合いに出され、私の主張や活動を医学面からサポートしてくれています。福岡での私の落語講演会では、アコーディオンを持って大阪から駆けつけて大合唱を指揮してくださいました。

サンタクロースのような見事なひげがトレードマークでどこにいても目立つのですが、講演のときはそれが「ツカミ」にもなります。そして、とにかく楽しい。あっという間に一時間が過ぎていきます。こんな具合です。

「……泣いても笑ってもＮＫ活性が高まります。笑いは『ハハハ』で８×８＝64、泣けば『シクシク』で４×９＝36。両方足して

100。人生百歳、泣いて笑って、どうせならちょっとだけ笑いが多いほうがいい人生。そう思いませんか」

なるほど、うまいこと言うなぁ。会場から大拍手。楽しいですね。

落語家で医学博士の立川らく朝さんもその一人です。落語好きが高じてプロの噺家さんになられたんです。しかもお医者さんを辞めないで、というのがすごい。「らく朝」さん。寄席文字にしても座りのいい素敵なお名前です。女子栄養大学出版部が刊行する「栄養と料理」という雑誌の対談がきっかけでおつき合いいただくようになりました。

らく朝さんは、東京内幸町ホールでご自分の落語会を毎月のように開催しておられます。毎回ネタを変えて開催するって大変なエネルギーです。二〇〇六年四月に開催された「らく朝のすべて見せます連続三夜」の最終日にゲストで出演させていただきました。会主のお人柄どおりお客様が素直で上品なので楽しく高座を務めることができました。

らく朝さんの真骨頂は、古典落語のすごさもさることながら、医師としての知識を十二分に活用した「ヘルシートーク」や「健康落語」にあります。これがまたおかしい。健康をエンターテインメントで語るこの落語、ちょっとのぞいてみます。

「……スーパーの入り口に自動血圧計が置いてある。いつもは十円入れないと測れないのが、大安売りの日だからって『ご自由にどうぞ』と書いてある。……測ってみましたよ、……自分の血圧が上が一二八で下が八六。まったくの正常です。『ようしやった、俺の高血圧、ついに治った』って、お父さん喜んでね、その紙をよく見たら『本日すべて三割引』……降下剤は大概の人にとって一生ものだから、……ずっと飲んでなくっちゃ予防効果は期待できないのです。降下してこその予防効果。これが本当の『効果（降下）テキメン』。納得してくれたかなぁ」

楽しいですね。この続きはご著書『立川らく朝の不労長寿』（小社刊）で是非お楽しみください。

病院でもこれに近い程度の小噺が話せる医師が増えたら、診察室に笑いや笑顔が生まれお互いに余裕が出てくるように思います。医師免許の更新制度ができたら、更新時にらく朝さんの高座を聞いて、小噺の実技演習を必須にするというのはいかがでしょうか。

山口県の周防大島に「おげんきクリニック」を開業する岡原仁志先生がいらっしゃいます。岡原さんとは広島県の講演会ではじめてお会いし、控室でお話をするうちに意気投合し、それからお互いの活動にエールを送り合っています。

岡原さんのモットーは「思いやりとユーモア溢れる医療」で、これは言葉だけでなく行動になって現れています。岡原さんは「医療の基本は看護である」と言います。往診のときは、自らが看護師のユニホームを着て出かけます。看護師さんはマスコットの着ぐるみを着て訪問します。待っていた患者さんも家族も大笑いです。もう一つの岡原さんのこだわりがハグです。これは映画「パッチ・アダムス」を観て感激し、ご自分でも日本で実践したいと始められたそうです。私もハグをしました。最初は照れくさかったですが、笑顔と元気がお互いに伝わって楽しくなります。

私たちと同じ目線でしゃべり、行動ができる医師に会えました。

岩手県北上市の病院に呼吸器外科の那須元一先生という方がおられます。那須さんは私が行う北上での落語講演会に、仕事の調整をして毎年来てくれるのです。「笑いに行こうよ」と、仲間をいっぱい連れてきてくれます。仲間とは、入院中の方や退院して通院中の方たちです。私が肺小細胞がんに出会って十年経つので、「生き証人」としてのサンプル見学には最適でもあると思います。今年は会場のロビーで偶然にお会いしました。

「皆さん、この人が樋口さんです。皆さんの大先輩です」

一瞬にして皆さんとお友達になりました。共通するものをもっている仲間の強みです。また、ここへ来ればみんなが元気になれる、という那須さんの強い思いが毎年の行動につながっています。

このように白衣を脱いで話ができ、行動できる医師というのが私たちにとって頼れる存在です。

私たちは生きている以上、いのちのお供として病院や医師は必須です。「いい病院、いい医師の選び方」が本になって飛ぶように売れる時代です。ですが、「いい医師」ってどんな医師なんでしょう。医療技術に地域格差があるのは事実です。法律や資格でレベルの底上げをするのは必要であり重要なことです。ですがそれだけを頼りに「おんぶに抱っこ」では自分を見失いかねません。

私を支えてくれる多くの方の中で、ここに挙げた方々は、名医でもありますがそれ以上に良医なのです。こんな先生がそばにいたら楽しいと思いませんか。

では、名医と良医はどう違うのか。良医というのは、自分の生き方を理解し、うしろから押して応援してくれる先生だと考えています。全国どこにでもおられるはずです。見つけ方があります。自分の生き方を繰り返し何度も話すことです。最初は嫌われるかもしれません。ですがそのうちきっとわかって応援してくれます。そして、手に負えないときは「わからない」を早めに言ってくれる人です。その人が「私の良医」です。

この道、行こうよ

【019】

厚生労働省の最新の人口動態統計では、がんでいのちを終える人が三二万五〇〇〇人。三人に一人ががんで亡くなっています。次に心臓病、脳卒中と続きこの三つで死亡原因の三分の二を占めています。がんをもちながら他の原因でいのちを終える人もいますからその数字はもっと大きくなるはずです。

つまり、すべての人に等しく与えられたこのいのちを終えるとき、「がん、心臓病、脳卒中の三つの出口のうち、どの出口から出て行きますか」と問われている、と考えたらわかりやすいです。こんな解説は余計なお世話かもしれませんが……。

「どれもイヤです」「考えたくないです」

気持ちはわかります。ですが、いつか皆が通過しなければならない出口です。確かにどれも自ら好んで選ぶものではないようです。

私は自分ががんになったから言うのですが、「がんの出口」と決めています。

がんは、統計で見るようにもっとも身近な病気になりましたが、同時にもっとも特殊な病気でもあります。なぜなら病院での治療が済んでから、自分でこころの治療をしていかなければならないからです。再発や転移の不安や恐怖という目に見えない時限爆弾を背中に背負って生きていかなければなりません。けれど、その中でいろんな新しい出会いや発見をして、今まで知らなかった自分を見つけていきます。これがうれしいし楽しいのです。

私は前著『いのちの落語』（文藝春秋刊）で次のようなことに触れました。がんと出会って、自分のいのちをどう生きるかは自分が決めたい。だから納得がいくような治療の選択をしたい、それは家族とともに決めていきたい。そのことを妻が言った「この道、行こうよ」という言葉で象徴的に表現しました。その後の二つ目のいのちを歩いて行く中でも、この場面は何度も出てきます。

車の運転シミュレーターを想像してください。ゲームセンターにある運転ゲームでもいいです。「電車でGO!」でもいいんです。シミュレーターとの違いは、進んで行く道がお稽古ややり直しができない自分のいのちという点です。目の前には左右に分かれる分岐点が毎日現れます。道案内や引っ張ってくれる人は誰もいません。私が乗るこの車は五十年をとうに過ぎてガタガタで修理もせずに放ってありますが、笑いを注入してやればゆっくりと機嫌よく走ります。ただ、この車には重要な部品が一つだけ欠けています。バックギアがないのです。だから後戻りができません。ですが、うしろではたくさんの「お供」たちが自分を押してくれています。隣の席には妻が座って指図をします。ときには横から叫びながら妻がハンドルを切ることもあります。

こんな情景が今の私のいのちです。毎日分岐点がやってきます。

「右へ行きますか、左ですか」

その都度、その場で判断しなければなりません。もっと情報があったら、とよく思います。確かにないよりあるほうが決めやすいとは思います。ですが、判断する力がないときは膨大な情報があるとかえって混乱するだけです。

納得という言葉があります。「納得しました」とよく使います。この言葉は人によっても時によっても変わってきます。ある人は五のレベルで納得するのに、別の人はレベル七でも納得しない。また、同じ人でも昨日納得したのに今日はダメ、ということがあります。これは個人のきわめて主観的な問題なので一般化できないのです。また、納得のレベルには上限がなくどこまでも際限がありません。

いちばん大事なことは、困ったとき他人《ひと》に判断をゆだねるのではなく自分が決める、ということです。他人に任せると、後でそれが違うとなったときに恨み、つらみが残ります。

「あのとき、あなたがこう言ったからそれに従ったのに……」

けれど、ここからは何も生まれてきません。また、その時点に後戻りすることもできないのです。だからハンドルは、家族と相談しながら自分で切らないといけません。自分中心の生き方がわかってくると、毎日が楽しくなってきます。今まで見えなかったものが見えてきます。それは自分を支えて守ってくれている手や力がたくさんある、ということです。それが見えてくると肩の力が抜けて楽になり笑顔が戻ってきます。二つ目のいのちが輝いてくるのです。

最初に提起しました「どの出口から出て行きますか」の答え、皆さんは出ましたでしょうか。……それがいいと思います。

厳しい抗がん剤治療を選択するときも、動かない体を自宅のリハビリで支えるときも、体の衰えで会社を退職するときも、いつも決定打は妻がハンドルに片手を掛けながら言ったこの一言でした。

「この道、行こうよ」

そうだ、この道がいい。

二人で決める潔さと清々しさは格別です。二つ目の新しい道は、普通のことが普通にできる喜びやうれしさに溢れています。大きな広い道が広がっていくのを感じます。

三十年勤務した会社を退職し、組織の管理から離れてほっと一息ついたのもつかの間、気がつくと今度は妻の二十四時間の管理下にありました。自宅での茶碗洗いや洗濯物たたみや風呂洗いのリハビリは、今も毎日続いています。たまに放棄するとすぐに檄が飛びます。

「生活の中のリハビリがいちばんいいの！」

そうか、やっと「この道、行こうよ」の深い意味がわかりました。参った！

生きてんのかよ!

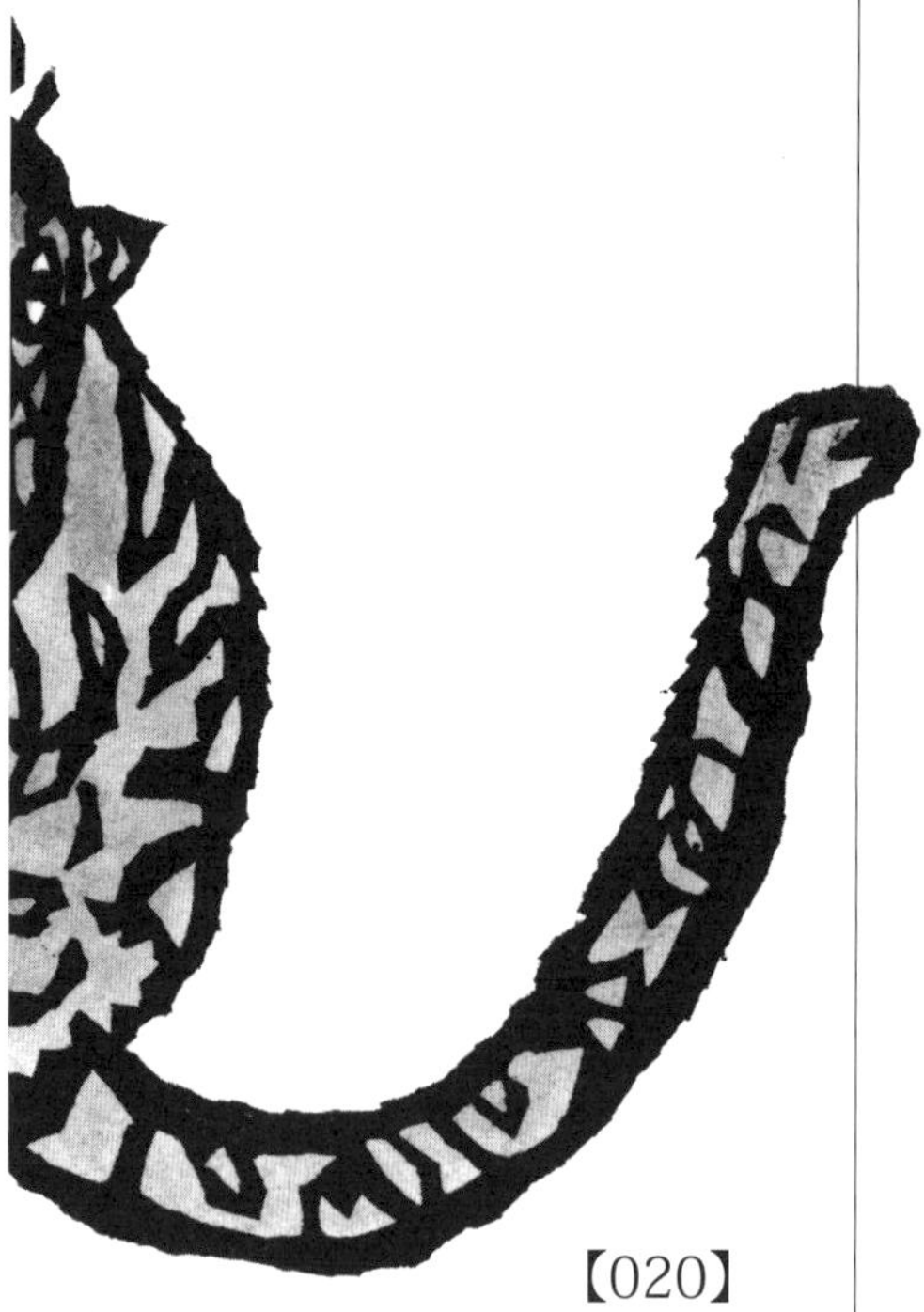

【020】

一年に一度のお約束、東京・深川江戸資料館での「いのちに感謝の独演会」は、参加する全国の仲間や家族だけでなく、私自身も楽しみにしている一人です。それぞれの人が一人一人の思いをもってこの日を楽しみにやって来ます。そして、また来年もここへやって来る自分をイメージに描いて帰っていくのです。

「今日ははじめての寄席でとても楽しめました。私は今治療中なのですが、……他の皆さんも頑張っているのだと思うと何か勇気のようなものが湧いてきました。とにかく早く治療を終えて普通になりたいです。……病気と闘っているのは自分一人ではないと、ここに来て強く感じました」（静岡県・卵巣がんの方）

「とても楽しみにしておりました。樋口さんのお元気なお顔を拝見して安心いたしました。今年の病院日記もたいへん感動しました。私も病院の窓から公園を見て、元気になってきっとあの道を歩くのだと思っていました。それがかなったときのうれしさ、感動は忘れられません。今でも散歩するたびに『ああ、生きていてよかった』と病院を見上げて、あの窓から見ていたときのことを思い出します。樋口さんのお話は、温かくて、おかしくて、笑っているのに涙が溢れてしまいます」（東京都・卵巣がんの方）

「母が体をゆすって笑っているのを見てうれしく思いました」（東京都・家族）

「会場は皆共通の人たちなので、一人で悩まず話ができました。自分だけが苦しいのではない。頑張ることができる希望がもてました。笑って泣いて、顔はぐしゃぐしゃです。手術をして、こんなに思いきり泣いたのは今日だけです」（東京都・胃がんの方）

「手術から二年が経ち、日常の生活ができることを感謝する気持ちが薄れてきていたように感じます。不平不満も増えていたように思います。再び原点に戻り日々感謝しながら生活していきたいと思います」（神奈川県・胃がんの方）

「この日を首を長くして待っていました。主人は今日、微熱をおしてやってきましたが、快い笑いにそれも忘れた感じです。次回も是

非、二人で参加したいと思います」（東京都・家族）

「点滴を持って来ました。とても感激しました。樋口様の大変な体にもかかわらず、一生懸命のお話で笑い涙が出ました。来年も楽しみにしています」（千葉県・卵巣がんの方）

「この日を楽しみに、母には体調を整えてもらい、治療も無理を言って早めにしてもらい、一週間退院をさせてもらうことができました。……一年一年この会を目標に、と思いました」（広島県・家族）

「昨年は落語を聞いて泣きましたが、今年はこころから笑って落語を楽しみました。あの日からクヨクヨしないことに決めました。が

んになったことは不運だけど不幸ではないと知りました」（東京都・胃がんの方）

一人一人の来し方と熱い思いがひしひしと伝わってきます。それぞれの言葉にいのちの営みがあります。私は皆さんのこの思いを正面からしっかりと受け止め、正面から笑いでお返しします。

一方、参加者同士でもロビーでお互いにエールの交換をされています。この会も五回、六回と続いてくると、毎年この日を楽しみに目標にしている方が大勢おられます。電話で連絡を取り合うことはない、年賀状をやりとりするわけでもない。この深川で一年に一度しか顔を合わすことがなくても旧知の友となります。どちらからともなく手を上げ近づき、笑顔で最初に交わす言葉が、これです。

「よう、生きてんのかよ！」

「おお、死にぞこないか！」


こんな乱暴な会話は他にありません。険しい道を乗り越えてきたがんの仲間同士だからこそ通じ合える言葉なのです。これを他の人が言ったらケンカになります。まず、言わないです。

本人同士でも、久し振りに会った仲間にはもっと他に言いたいことがたくさんあるはずなのです。

「元気そうだね、顔色もいいね。検査はどうだった？　ええ？　大きくなってなかった。それでいいんだよ。がんが消えなくても、小さくならなくても大きくなってなきゃそれでいいんだよ。また、来年も会おうな……」

いろんなことが頭に浮かんで、のどまで出かかっているんだけど、口から出るのはすべてを呑み込んで一言だけ。

「生きてんのかよ！」

この言葉は、仲間に送る最高のエールなのです。どんな言葉にも勝る一言です。がんに限らず、一つのことを成し遂げた者だけが味わえる醍醐味なのです。

ありがとう

【021】

「時間がない」という言葉をよく耳にします。自分でも使った覚えがあります。仕事に追われて期限が迫っているとき、受験勉強で自分が立てた計画どおりに勉強が進まないとき、「一日が四十八時間あったらなぁ」「せめて三十時間欲しいなぁ」とつぶやきます。ですが、こういうときは何時間あっても結局は同じことを言うものです。自分には自由になる時間が無限にあることを無意識のうちに決め込んでいて、時間がないことを半ば楽しんでいることさえありますす。また、自分を変えないで自分を取り巻く周囲を変えようとする厚かましさがあります。ところが、この「時間がない」の前に「生きる」という言葉がついたらどうでしょう。

「生きる時間がない」

意味合いがまったく違ってくるんです。がんとわかったとき、この言葉に出会います。それまでは明日が来ることに何の疑いももたず、一月先、半年先、一年先の約束やスケジュールを手帳に無意識に書き込んできました。ところが、このがんを知ってから自分の手帳の次のページが保証されていないことにはじめて気づくのです。ここから新しい自分を発見していきます。

何がしたいんだろう。

何ができるんだろう。

何のために生きるんだろう。

いちばんしたいことは、朝に目が覚めて、家族に「おはよう」と言って朝刊が読めてご飯を食べて、道が歩けて電車に乗ることができて、風呂に入って、笑いながら晩ご飯を食べて、「おやすみ」って言える一日、誰にでもある一日。この毎日の繰り返し。

抗がん剤の治療で入院しているときって、無性に病院の外に出たくなるんです。ダメと言われると余計に行きたくなるものです。外泊がダメなら外出許可を。電車に乗るのがダメならせめて駅前まで。研修医と激論を交わして、やっと手に入れた二時間の外出キップ。これを握りしめて脇目も振らずに駅前まで駆けて行く。

「おいしいものが食べたい！」

思わず入った店は、フランス料理でもイタメシでもなかった。ラーメン屋でした。汚いのれんをくぐって注文しました。

「味噌ラーメン、餃子、それと、……ビール！」

お勘定は千円札を出して五十円のオツリ。本当にしたいことってこんなことなんです。

これが最高の喜びだと感じるのです。特別に難しいことではなく誰もがもっている日常そのものです。毎日やって来るんです。この「普通のことが普通にできること」が至上の宝物だと気づきます。自分の目の前にあるこの宝物をつかむためにしっかりと今日を明日につなげるんです。これを繰り返すことで目の前に無限が広がります。これが「いのちの紡ぎ」です。自分の手で、意志で紡いでいくことがうれしいのです。

紡いでいくいのちは人と人をもつなぎます。親から子へ、子から孫へと紡ぎます。いのちを終えるとき、来し方を思い支えてくれた家族にすべてを超越して出てくる言葉は一言だけ。

「ありがとう」

そんないのちでありたいのです。自分のいのちをこころからのこの言葉で表すことができたらどんなにしあわせなことでしょう。「ありがとう」と言われた家族は、この言葉をこころの奥にずっと抱き続けけっして忘れることはありません。これがこの家系の無形の財産となって受け継がれていきます。「いのちの尊厳」がここにあります。

この「いのちの尊厳」を守るためには、「ありがとう」と言える環境を作ることも重要なことになります。意識がなくなってからではこの言葉は出てきません。また、体やこころに痛みがあるときにもこの言葉が出てくることはありません。ここで医療の果たす役割が大きいのです。一人の人間が「ありがとう」と言える環境が整うよう医療がその分野でサポートすることが重要な条件にもなってきます。がんの原因究明や先端技術治療への研究開発投資はこれからもずっと必要です。しかし、このいのちの尊厳を守るための環境作りもそれに劣らず重要課題であり、けっしてうしろ向きの医療ではないのです。

知り合いの先生が、「末期のがんの患者さんが『家に帰りたい』とおっしゃるんです。病院のほうが安全で安心ですよ、と言っても『家に帰りたい』。帰って何するんですかって聞いても答えてくれないんです」と打ち明けてくれました。でもこうも言ってくれました。「樋口さんの話を聞いて、やっとわかりました。普通のことが最高なんですね。家に帰って何かをするわけじゃなく、家に帰ること自体が目的だったんですね」。

このように理解を示して汗を流してくれる先生も徐々に出始めています。

私の年代は、なかなか素直に「ありがとう」が言えない年代です。特に妻には言いにくい。「そんなこと言わなくてもわかってるだろう」と言うと、「いいえ、口に出さなきゃ伝わりません」と妥協の余地はない様子。小さな声でボソボソ言えば、「よそ見しないで目を見て大きな声で」と逃げ道もありません。この一言は最後の最後にとっておくことにしましょう。

「ありがとう」と言えるいのち。

私が勇気をもってつかみたいものが、これです。

あとがき

生きてるだけで金メダル――。

私の講演では、最近必ず触れる言葉です。落語「病院日記」でも笑えるサゲをつけて入れるようにしています。多くの方がこの言葉に共感し感動のエールを送ってくれます。

また、生きる道に迷ったり、立ち止まって動けなくなったときには、生きてる人の本を読んでほしい、生きてる人のドラマを見てほしい、と伝えてきました。その内容がいかに地味で泥臭いものであっても、必ずあなたの背中を押してくれるヒントが含まれているはずなのです。

二〇〇五年にＮＨＫが、がんサポートキャンペーンを展開したときに、そのスポットＣＭに柳原和子さんや岸本葉子さんらと一緒に出演し、笑顔の映像が評判になりました。三十秒ＣＭで一年間放映されたので「昨日、笑顔の樋口さんにお会いしました。励みになります」と全国からメールや電話をいただき、影響の大きさに驚きました。
　同年一月には『いのちの落語』（文藝春秋）を出版しました。この本では、悪性度の高い肺小細胞がんと出会い、手術や抗がん剤などの治療を通して自らが生き方の選択をしていく大切さを伝えました。また、そのことを話芸で裏打ちされた落語の笑いに乗せて表現しました。おかげさまで全国のたくさんの方に読まれ、テレビや新聞など多くのメディアが取り上げ、大きな反響と評価をいただきました。

　その後、生きるうえで大切なことを、講演と落語をセットにした落語講演会に仕立てて全国各地でお話してきました。つかむ勇気と手放す勇気という二つの勇気をお伝えしました。そして、このほど春陽堂書店さんからこの講演内容を本にまとめて世に出しませんか、とのお誘いをいただき、より多くの方に伝えたいとの思いで体系的に執筆しまとめました。タイトルも「つかむ勇気　手放す勇気」としました。一気に読めて、読後には笑いと爽快感が残るように仕上げました。

また、どこからでも読めるように各テーマ毎に内容を完結させました。本著が末永く読み継がれることを望みます。

末筆になりましたが、落語講演会を通じて知り合った全国のがんの仲間やご家族の方、応援してくださる有志の皆さまに心よりお礼申し上げます。

また、偶然にも私の講演に出会い、この内容を本にして出版し全国の多くの人に届けたいと、情熱と使命感をもって編集してくださった春陽堂書店の永安浩美氏、岡﨑智恵子氏に厚く感謝いたします。

最後に、どんなときでも今までどおり普通に接してくれる最愛の妻加代子に、本著にて感謝を捧げることをお許しいただきたい。

二〇〇六年　八月

遅れた夏を取り戻すような蟬の声を楽しみながら

樋口　強

つかむ勇気
手放す勇気

平成十八年九月二十五日　初版第一刷発行

著　者　樋口　強
発行者　和田佐知子
発行所　株式会社　春陽堂書店
東京都中央区日本橋三—四—十六
電話　〇三（三八一五）一六六六
デザイン　山口桃志
印刷製本　株式会社　加藤文明社

ISBN-4-394-90245-2